家庭内失踪

●目次

●登場人物

雪子――――小泉今日子
野村――――風間杜夫
かすみ――――小野ゆり子
多田――――落合モトキ
青木――――坂本慶介
望月――――岩松了

家庭内失踪

作　岩松　了

1

暗い中に、パソコンのキーボードをたたく音が聞こえてくる。

薄ぼんやりと見えてきたそこは夫婦の寝室。

ふたつの蒲団が敷かれていて、そのうちのひとつに、妻（雪子）が座っている……。

音は、どこか別の場所からのものだ。

もうひとつの蒲団は、夫（野村）のものだということになるわけだが、それは掛け蒲団がはねあげられていて、そこに夫がいたことが察せられる。

キーボードの音が止む。

そのことにわずか反応した雪子。

雪子　――――……。

やがて、廊下に足音がして、入ってきた夫（野村）。

野村――（妻がすでに起きて座っていたので）……。

そして枕許にある時計を見て「チッ」と舌打ちをした。

野村――昼と夜が逆転してるって……どういうんだ、まったく……。

雪子――じゃあまた昼すぎに起きて……かしら。

野村――うーん……。（自分の蒲団に座る）

雪子が立って蒲団から出るので、

野村――何？

雪子――え？

野村――起きるんじゃないだろ？

雪子――え？

野村――（音のした方をアゴでしゃくって）これから寝るって言うんだから。

雪子――ええ……。

野村――ええって……起きる時間じゃないよ、まだ……トーフ屋じゃあるまいし。
雪子――……。
野村――（座れとばかりに蒲団をアゴでしゃくって）ホラ。

雪子、蒲団の脇に座る。

野村――（半ばひとりごとのように）トーフ屋だって今は、そんな早起きするってわけでもないだろ……つくり方だって昔とはちがうだろうし……何だよ、そんなとこに座って。
雪子――（少し笑って）だって、こわいんだもの……。
野村――えー、何だよそれ。
雪子――……。
野村――……。
雪子――これから寝るったって、すぐには眠れないでしょ？
野村――（音のした方を見るような）……。
雪子――だって、今の今まで書きものしてたんでしょ？
野村――ベッドに腹ばいになってだよ。
雪子――見たんですか？

野村――見るよそりゃ、部屋のドアあけたんだから、パソコンだって蒲団の上にあった。
雪子――……。
野村――何、こわいって。
雪子――こわいっていうか……。
野村――え？
雪子――言い方がちょっとアレだったかもしれません……適切じゃなかったかも……。
野村――適切？
雪子――だから、こわいって言い方が――。
野村――いやいや、そりゃわかってるよ。だから、適切な言い方をしてごらんよ。
雪子――（かすみのことを気にする）
野村――（ので）大丈夫だよ、寝るって言ったら、寝る女だ。子供の時からそうだった。
雪子――……。
野村――……。
雪子――……受け入れればいいだけのことだと思うんです……。
野村――受け入れる……何を？
雪子――そういうものでしょ、年齢的に。
野村――まだちゃんと試してないって言ってるんだ、今日は。

雪子――だからその試し方が……こっちの気持ちだって、あせるし……。
野村――……。
雪子――もっとゆっくりでいいと思うんです。
野村――……。
雪子――私、おこられてるような気がしてきて……おこってるわけじゃないんでしょ？
野村――あたりまえだよ。
雪子――だったら、それが私にもちゃんと伝わるように……。

夫を追いつめてしまったという思いからだろうか、雪子は立ちあがり、浴衣の上に羽織っていたものを脱いで、蒲団の上に座った。

野村――……協力あってのことじゃないのか、こういうことは。それをおまえは、そうやって、年齢うんぬんの話に置き換えて！
雪子――……。
野村――わかるか？　さっき、かすみの部屋から戻ってくる時、オレは……おまえが、蒲団の中にいて……その……裸のまま、私がここを出ていった時のまま私のことを待ってくれてる……そう思ってた……戻ってきながら、そこのそこまでそう思ってた……言ってみれば、そのことだよ、協力ってのは……そうだろ？　ところが……ところがどうだ、入ってきたらおまえは、その格好で、(脱いだ羽織を指して) そんなものまで着こんで！　何？　寒かったのか？　え？

雪子――……どうなるかわからなかったんだからしょうがないでしょ？

野村――え？　何が？　言ってることがわからないぞ。

雪子――あなたがかすみちゃんの部屋に行って、そのあとどうなるか。

野村――……そのことか……。

雪子――……。

野村――ん？　だから寝間着を着た、そういうことだな。

雪子――(たまりかねたように) あなた、私が協力してないような言い方なさるけど、私は私なりに協力しているつもりです。あなたがこうしてほしいって言えば、私はそうしてあげてはいませんか？

野村――してあげる！　その言い方がすでに問題じゃないのか！

雪子――言い方は――。

野村――いや、言い方だよ！　それがすべてさ！

雪子――今の言い方は、私がまちがいました！

野村――いや、まちがっちゃいないよ、ごく自然に出た言葉だ、おまえの口から！　時間に寛容じゃないのも道理さ。

雪子――（どういう意味とばかりに）え……。

野村――もうちょっと時間をかければばって言っても、その、何だ……待てないだろ、その時間が、おまえには！

雪子――……。

野村――現実問題、この短い間に、おまえはそうやって、さっきまでのことはなかったかのように、帯まで締めて！　時間をかければ大丈夫だって言ってるんだ、オレは！

雪子――時間のことじゃないでしょう!?　かすみちゃんがまだ起きてる！　そのことだったんじゃないですか？　たった今の問題は！

野村――じゃあ、時間をかければばってことに関しては、協力は惜しまないって言うんだな。

雪子――……ええ……もちろんです……。

野村、おもむろに立ちあがり、
自分が着ている浴衣を脱ぎ始める。

野村――（脱ぎながら外を見て）……見ろ、まだ夜明け前だ……。

雪子は、蒲団に横になり、掛け蒲団をかける。

野村――(それをチラと見て)……。

雪子――(困ったように)……結び目が……。(浴衣を蒲団の中で脱ごうとしているようだ)

野村――……かすみの奴に言ってやった……肌を触れ合うってことがどんなに大事かってことをな……いや、今じゃないよ、何日か前のことだ……あいつがまた石塚くんの悪口を言おうとするから……夫婦生活ってものがわかってないんだ……他人であるってことがどんなに素晴らしいことかってことさ……それを変に身内だって考えるところにまちがいが生じるんだって……身内なわけないよ、夫婦が……。

その間に、雪子の蒲団の中から、彼女が脱いだであろう浴衣や帯が放り出されるように出てくる。と同時に「ん」「ん」という雪子の声も混じる。

野村――薄く音楽をかけていいか?

雪子――ハイ?

野村――音楽、音楽。

雪子――ああ……え、その前に何て?

野村──え？
雪子──音楽の前に、く……何く？
野村──く……ああ、うすく。
雪子──うすく……。

野村が音楽をかけた。

そして、雪子の蒲団に近づいてゆく。

そのまま雪子の蒲団に入るかと思いきや野村は、蒲団の中から脱ぎ出された妻の浴衣を手にとり、簡単にたたみながら、

野村──……ゆっくり……やってみようじゃないか……フフフ……いつもとはちがう風景だ……仮に、オレたち夫婦のことを見つづけてきた誰かがいたとして、そいつにとっても、見たことのない風景だろ……オレがおまえの脱ぎすてた寝間着をこうやってたたんでいる……いなくなったおまえのことを、なつかしんで、愛おしんで、こうやってるって風に見えるかもしれないな、フフフ……でもおまえは、いなくなったわけじゃない……ここにいる、オレの目の前に……だからオレは、こうやっても──。

と言って、たたんだ浴衣をバラバラにする。

野村――こうやっても、自分自身を裏切ることにはならない……同じ気持ちでまた、たたみはじめることが出来る……（実際、たたみはじめる）……どうだ？　おまえの体に変化はあるか？　自分の体をつつんでいたものがこうやって、たたまれたり、バラバラにされたりすることでさ……ん？　まだ眠ってないだろ？

雪子――……。

野村――あ、いいんだ、目はつぶっていて……目をつぶっているってことは……要するに見えないものを見ているってことだからな……見えないものを見る……それは自由になるってことだ……時間から……この世界から……あ、思い出した！　雪子、思い出したよ……あれは、かすみの結婚式の夜だったろ、ホラ、おまえが外に部屋を借りたいとか言い出して……まあ、別居だな……オレは、うろたえて……最後は、あの、あれ、何だ、名前は……おまえの旦那さんだった……あれ、名前が……。

雪子――小松ですか……。

野村――小松！　小松だ！　小松さんまで来て……ハハ、小松さんの名前を忘れるなんてオレもどうかしてるぞ……あの時、オレは初めて、おまえの涙を見た……その目からツーっと涙がひとすじ流れた……まだ眠ってないだろ？

またしても聞こえてくるパソコンのキーボードをたたく音。

と、同時に射してきた朝の光。

雪子――……朝だわ……。

2

かすみ――……それは喜びの表現であったろうか……そう、私はそう思う……夜は茶番、さも意味ありげに人を苦悩に追いこむ……茶番からの解放、それが朝日の役目だ……。

リビングの片隅に置いてあるパソコン。
かすみは自分が打ちこんだ文章を読んでいる、
遠巻きにパソコン画面を見ながら。

かすみ――ニセモノの苦悩は、朝日によってそのニセをあばかれるのだ……そのことを知っている者が、射してくる朝日を喜ばぬいわれはあるまい……彼女は、だから、喜ぶ、夜の終わりを……。

パソコンの前に座り、また打ち出す。

かすみ――（打ちながら）彼女が、父のことを軽蔑していることを知っている……あたかも夜の茶番を軽蔑するかのように……私は彼女の真意を探らなければならない……なぜ、それでいて夫婦でありつづけることが出来るのか……そう、そのために私は、この家に帰ってきていると言えるじゃないか！　私は夫である石塚のところから逃げてきているわけではない！　ジャーン！

かすみは、パソコンを離れ、ミネラルウォーターをつかみ、それを飲み、

かすみ――ジャーンはなかろう、ジャーンは！

またパソコンの前に行き、カタカタとキーボードをたたく（削除している）と、気配を感じ、パソコンを離れる。

雪子が入ってきた。

雪子――あら。

かすみ――ああ。

雪子――起きてたの？
かすみ――うん。
雪子――じゃあ、おはようかな。

かすみ、冷蔵庫をあけたりするので、

雪子――おなかすいてるの？
かすみ――いやいや、そんな自覚もないんだけど……。
雪子――出来るわよ、すぐに。
かすみ――大丈夫、大丈夫。

雪子は、玄関から取ってきたであろう朝刊をそこらに置き、エプロンをつける。

かすみ――父さんは？
雪子――寝てるんじゃない？　まだ。
かすみ――ふーん。

雪子――かすみちゃん、起こしてきてよ。
かすみ――なあに、それ。
雪子――もうお昼ですよって。
かすみ――なんで私がよ。
雪子――私だと、うっとうしがられるから。
かすみ――だいたい起こす必要もないし。
雪子――そんなこと言って……バチがあたるわよ。
かすみ――えー、だって、ごゆっくりお休みくださいって意味よ、バチあたる？
雪子――フッ……。
かすみ――雪子さん、考えすぎ、フフ……。
雪子――何言ってるの……。

かすみ、雑誌など読み始める。

雪子――今日、多田さん、いらっしゃるんじゃなかった？
かすみ――ああ……。
雪子――何時ごろ？

かすみ――わかんない。

雪子――約束は？　してないの？

かすみ――約束？　特には。

雪子――……。

かすみ――（雪子を見て）え？

雪子――（その〝え？〟に対して）え？

かすみ――……。

雪子――何時ごろになるのかなあって思ったのよ、おかまいなしってわけにもいかないでしょ？

かすみ――だから、何時ごろって、そういう話にはなってないのよ。

雪子――そう……。

かすみ――（かったるそうに）やんなっちゃうな、意味ありげに予告ばっかりして。

しばし、二人とも、言葉もないが。

雪子――自分なりに責任感じてらっしゃるんじゃないの？

かすみ――責任なんか感じてないでしょう。

雪子――だってこうやって日曜日ごとに。

かすみ――来たって、お茶のんで帰るだけじゃない！

雪子――そんなこと――。

かすみ――何の目的で来てるのかわかりゃしない。

雪子――聞いてるんでしょ？　石塚さんのこと。

かすみ――……。

雪子――多田さんからよ。お茶のんで帰るだけって、そんなことがあるわけないじゃない。

かすみ――やめて、やめて、頭痛くなるから。

雪子――どういうの、それ。

かすみ――ホントにわからないからよ、それもいろんなことが。だいたいさ――（言おうとして）

……ま、いいわ。

雪子――なあに？

かすみ――言うだけ悲しくなる、あれ？　ん？

雪子――何？

雪子、かすみがティッシュを捜してることがわかって、

箱をとってかすみに渡す。

かすみ、鼻をかむ。

雪子――こないだだって、多田さん、困ってらした……あなたがバッグを放り投げたりしたからよ。

かすみ――……。

雪子――石塚さんには固く口止めされてたんですってよ、御殿場のアウトレットでって話……あやって、ついつい話してしまって……それだって何も悪気があったわけじゃないもの。

かすみ――……。

雪子――正直に、石塚さんの気持ちを伝えようとなさっただけよ。そうでしょ？

かすみ――どうしてそういう言い方するの？

雪子――え、そういう言い方？

かすみ――向こうの作戦にのっかったみたいなさ。

雪子――のっかってないわよ、何よ、作戦て。

かすみ――見え見えじゃない。フン、こっちにしてみれば、とんだ勘ちがいだけどね。

雪子――……。

かすみ――てことはよ、あの多田さんにも、石塚は話してるってことでしょ？

雪子――何を？

かすみ――アウトレットのことよ、御殿場の！

雪子――そうよね。

かすみ――作戦でしょ、どう考えたって。

雪子――あるでしょ、普通に思い出話をすることぐらい。

かすみ――ありますよ、ありますとも、普通に思い出話はね。でも普通とはならないでしょ、この場合。

雪子――……。

かすみ――正直なこと言っていい？

雪子――いいわよ。

かすみ――あの人……多田さんね、雪子さんに会いたくて来てるわよ、うちに。

雪子――えー。

かすみ――私が勘づいてないとでも思った？

雪子――そんなことあるわけないでしょ。

かすみ――言っちゃった……言うつもりなんかなかったのに。

雪子――ホントに……何を言い出すかと思えば。

かすみ――フフフ……ちょっとイラついたからよ、雪子さんの、何て言えばいいの？　ぬるーっとした感じに……ハハーッ、何よ、ぬるーっとした感じって。

雪子――怒るわよ。

かすみ――どうぞ、どうぞ、あ、待って、準備するから、怒られて泣く準備。
雪子――かすみちゃん！　多田さんをああやってくり返しここに来させてるのは、あなた自身でもあるのよ。そのことはわかってるでしょ？　あなたがはっきりしたことを言わないからよ。
かすみ――言ってるでしょ？
雪子――どう？
かすみ――石塚のところには帰りませんて。
雪子――でもお父さんが「帰るべきだ」っておっしゃることに対しては、かすみちゃん、「いやだ」とは言わないでしょ？
かすみ――返事をしたくないだけよ。
雪子――ううん、あなたの中に「いやだ」って言いきれないものがあるからよ、そうでしょう？
かすみ――なんでいちいち口にしなきゃならないの？　こんなにはっきりしてることを。
雪子――はっきりしてる？　誰にそんなことがわかるのよ、あなたの心の中のことよ。

互いに言い合ってしまったことを感じて
それぞれに「……。」
かすみ、出て行こうとして、

かすみ――あ、私、うるさくないわよね。
雪子――何が？
かすみ――朝方までパソコン、カタカタやってるから。
雪子――……大丈夫よ。
かすみ――よかった……。
雪子――（行こうとしたかすみに）本気で言ったんじゃないわよね。
かすみ――え？　何？
雪子――多田さんのこと、私に会いに来てるなんて。
かすみ――ああ……。
雪子――びっくりするようなこと言わないでちょうだい。

ここに野村が来る。

野村――（かすみに）おまえ、起きてるのか。
かすみ――起きてるわよ。
野村――（誰にともなく）今日はまた、いい天気だな。

雪子――ええ、晴れましたね。
野村――(そこにある新聞を) これ、今日の?
雪子――ええ。もう起きるでしょ?
野村――あ、オレ? 起きる、起きる。

雪子、出てゆく。

野村――何話してたの?
かすみ――別に……。
野村――お茶入れてくれるか?

かすみ、お茶を入れはじめる。

野村――別にってこたないだろ……え?
かすみ――え?
野村――別にってこたないだろって。
かすみ――パソコンの音がうるさいって言われたから、ごめんなさいって言ってたのよ。

野村――（かすみを見る）……。

かすみ――朝方までカタカタやってたから。

野村――雪子が？　うるさいって？

かすみ――そ。

野村――……。

かすみ――あ、ねえ、こんなものがあるけど、出す？　お茶うけに。

野村――え？

かすみ――甘いものでしょ、これ。

野村――いらないよ。

かすみ――あ、そ。ハイ、お茶。

野村――……。

かすみ、自分でお菓子を食べて。

かすみ――おいしいじゃない、これ。（ひとりごと）どうしたんだろ、これ。

野村――望月が持ってきたんだよ。

かすみ――あ、望月さん……なるほど、なるほど。

野村――（いきなり）おまえ、ちゃんと相手しなきゃダメだぞ！
かすみ――（驚いて）え？　何？
野村――何て言った、あいつ。あのひょろーっとした……石塚くんの部下！　わざわざ来てるのに、おまえ急にいなくなったりして！　え、名前何だっけ、あのひょろーっとした――。
かすみ――多田さんでしょ！
野村――そう、多田！　ちゃんと相手しなきゃダメだって言ってんだよ！
かすみ――……。
野村――こないだだってそうじゃないか、電池がなくなったから買ってくるとか言って！
かすみ――だから買ってきたでしょ！
野村――そんなもの、いつだって買えるじゃないか！　あんな時にわざわざ行かなくったって！　だいたい二時間もかかるか!?　電池買ってくるのに！
かすみ――……。（すすりあげて）
野村――……結局、雪子が相手するハメになってんじゃないか。

雪子が戻ってくる。

雪子――（かすみの状態に）どうしたの？

かすみ――……。
野村――今日、来るんだろ？
雪子――多田さん？
野村――うん。
雪子――ええ。
野村――だから、ちゃんと相手しろって言ってるんだ。

かすみ、引っこむ。

雪子――あ、すいません。
野村――何？
雪子――お茶。
野村――いや、こりゃかすみがいれたんだ。
雪子――ああ……。

雪子、かすみが置いたままのパソコンを見ている。

野村――寝てないだろ、あいつ。
雪子――どうなんですかね。
野村――……おかしいよ、何だその、感情の波が……。（雪子を見て）ん？　何？
雪子――いえ、（パソコンを）忘れてると思って……。
野村――ああ……（新聞の記事を見て）しかし多いな、殺人が……よくも殺すもんだよ、ヒョイヒョイヒョイヒョイ。
雪子――……。
野村――どうして関係ないとこに行けないんだろうな……関係なきゃ殺意が生まれることもないだろうに。
雪子――そうですね……。
野村――殺してから後悔するってものでもないんだろ、こういう連中は。
雪子――……。
野村――ん？　何時ごろ来るって？
雪子――多田さん？
野村――うん。
雪子――特に何時にって言い方はしてないらしいんですよ。（お菓子を）ん？　これは？
野村――望月が持ってきたんだよ。

雪子――いえいえ、食べるつもりで？
野村――ああ……いや。

雪子、それをしまいながら。

雪子――私、いましたよ、望月さんがこれ持ってらした時。
野村――そうだったか……。
雪子――……。
野村――何してた？　その時。
雪子――私？　私は、ここらへんを行ったり来たり……だってお酒をめしあがってたでしょう？　そう、多田さんもいらっしゃってて……。
野村――フフ……あの生返事男……。
雪子――生返事男って……。
野村――だって、生返事しかしないじゃないか。オレが望月のことで、「不真面目な男だろ」って、水向けても……「ハァ」とか気のない相づちしか打たないし。
雪子――しょうがないわよ、あの人、望月さんのこと、よく知らないんだし。
野村――オレだって、よくは知らないさ。

雪子――誰のこと？　望月さんのこと？
野村――ああ。
雪子――また、そういう……。
野村――何だ、味方してるつもりか、あの生返事男の……。
雪子――……。
野村――どれ、その――（と手をのばす）
雪子――え？
野村――一個食べるから、望月のその……。

雪子、一個、野村の前に置く。

野村――いちいち芝居がかってるんだよ。
雪子――（離れようとしていたが）……。
野村――男と女がいたら、もう、あの二人、やってますねとか、ありゃ女があやつってますね、とか、すぐそこに問題をつくりたがる。
雪子――望月さん？
野村――うん……。

雪子――でもあなた、面白そうに聞いてらっしゃるじゃないですか。
野村――それくらいの芝居は、オレだって出来るさ。
雪子――芝居……。（と少し笑う）
野村――ただオレは、あいつの魂胆にはのらない。変にこっちの意見なんぞ言ってみろ、「へえ、じゃあ野村さんとこじゃ、そんなことはないんですか」って舌なめずりされるのがオチだからな。
雪子――……。
野村――そういう奴だぞ、あいつは。
雪子――ご近所には、私、主人のお友だちですって言ってますよ。
野村――友だちは友だちさ、それでいいよ。
雪子――……。
野村――こないだ、73歳になる知り合いに、バイアグラをすすめて感謝されたって話をしやがった……話しながら、しっかりオレの反応を見てるんだ……オレは見返してやったよ。
雪子――たいへん……フフフ。
野村――何が？
雪子――お友だちなのに……。
野村――……。

雪子——何をなさってる方なんですか、その75歳の人ってのは。
野村——興味のないこと聞くんじゃないよ。
雪子——……。
野村——だいたい75じゃない、73だ。

野村、お菓子を一口食べて。

野村——食べていいよ、あとは。（と雪子に）
雪子——（受けとったものの）……。
野村——今日は、あの生返事男に、肉でも御馳走してやりゃいいよ、どうせロクなもの食べてないんだろ、あのひょろーっとした体じゃ。

野村も、何げなくかすみのパソコンに目がいって——。

野村——フフ……かすみの奴、おまえがパソコンの音がうるさいって言ったって……何だってそんな嘘をついたのか……。

雪子が、お菓子を持ったままなので。

野村　――捨てりゃいいよ、食べたくなきゃ。

雪子、野村の食べ残しを口に入れた。

野村　――（それを見て）……。

3

廊下を歩いてくるヒョローっとした男。
多田だ。
そのまま、リビングに入ってくる。
西陽が射しこんでいる。
そこにあるパソコンを見るともなく見ていると、かすみが入ってくる。

多田――……いい具合に西陽があたって……。（とパソコンを指さす）
かすみ――（鼻で笑う）……。
多田――いやいや、いい感じですよ。
かすみ――読んだの？
多田――まさか……さっきまでお手洗をお借りしてたんですよ。
かすみ――こんな時間に来ると思わないから。

かすみは微妙に化粧をほどこしている。

多田——すいません……午後の予定がすっかりキャンセルになって、どうすんだどうすんだって思ってるうちに……。
かすみ——え?
多田——こっちの方に足が向いてしまって……。
かすみ——……。
多田——(自分で笑って)どうすんだどうすんだって、ホント、日曜日って、そんな感じですね……。
かすみ——ボクの場合は、でしょ?
多田——そうか、ハハハ、一般化しちゃいけないな……。
かすみ——お茶いれる?
多田——あ、大丈夫です。持参したものが。

ペットボトルのお茶を出す。

かすみ――（パソコンを見て）ホントだ、読んでない……。
多田――え？
かすみ――これ……置いてるの……。（とつまみあげる）
多田――え、髪の毛？
かすみ――そ、開いたらすぐわかるようにね。
多田――……。
かすみ――何？　絶句？
多田――あ、いやいや……あぶなかったなと思って……。
かすみ――かまわないのよ、読んでくれたって。
多田――それ、読みにくくしてますよ、かすみさん。そう言われてからじゃあ……。
かすみ――そっか……ハハハ……。
多田――（チラと画面を見て）え？　かすみ日記？
かすみ――かすみの日記だから。
多田――ボクも出てくるんですか？
かすみ――だから、読んでくれたってかまわないって言ってるから。

多田、ポケットの携帯が振動したようで、

ポケットから出し、チラと見て、すぐにポケットにしまう。

かすみ――大丈夫？
多田――え？　ああ、ハハハ。
かすみ――キャンセルがらみ？
多田――え、キャンセル？
かすみ――キャンセルになったんでしょ、午後の予定が。
多田――ああ、ハイ、ハイ。
かすみ――だから、それがらみかと聞いてるのよ。
多田――じゃないですね。
かすみ――あっさりしまうから。
多田――今ですか？
かすみ――うん、今。
多田――そうだったかな……。（と携帯を出してまた見る）

かすみ、パソコンを打ちはじめていて、打ちながら、多田を時々見て、笑う。

多田――（ので）何ですか？
かすみ――さっきのその、スーパーの話をね、したためてるの。
多田――あ、やっぱり、ボクが出てくるんだ。
かすみ――ううん、多田くんが見たって、その状況だけ。（打ちながら）父は愛妻雪子とスーパーマーケットに出向いた、日曜日の午後のこと……（多田に）ん？　何をしてたの？　二人で。
多田――何って、買い物でしょ。肉屋の前で、二人見てましたけど。
かすみ――何を？
多田――何って、肉をですよ……ちょっと声かけづらかったんでボク、スルーしちゃったんです。
かすみ――それそれ、声をかけづらかった……なんでなの、それは。
多田――なんでですかね……今となっちゃ、よくわかりませんね。
かすみ――日曜日の午後だったから、ってんじゃやマズい？
多田――え？
かすみ――それこそ、どうすんだどうすんだって思ってるうちに、声をかけそびれ――。うん、「どうすんだどうすんだ」これだ、キーワードは。
多田――……。
かすみ――何よ。

多田――いえいえ。

かすみ――言ったじゃない、スーパーで二人を見かけたって。

多田――言いましたよ、見かけましたから。

かすみ――私は見かけてないから。

多田――え?

かすみ――いいのよ、あなたが仮に嘘をついたとしても。

多田――嘘なんかつきませんよ。

かすみ――どっちだっていいって言ってんの、そんなことは!

多田は、しばしかすみの様子を見ているが。

多田――……たぶんボクは、野村さんに、あ、あなたのお父様に、どう接すればいいのか、それがよくわからないんです……ボクのことをどう見てらっしゃるのかってことに関しても、はなはだ自信がないといいますか……一説によると「生返事しかしない男だ」っておっしゃってるとも聞きますし……。

かすみ――(多田を見る)……。

多田――いや、つらいって言ったんです、石塚さんに、何のためにこの家に、かすみさんのもとに、こうして通っているのかわからなくなるって！　そのたびに石塚さんは、あなたの御主人は「とにかく通いつづけろ、それがオレの気持ちだ、妻に対するオレの気持ちだ」って……そう言われるとボクも……「ハイ」と言うしか……だって石塚さんには、会社に入る時からずっとお世話になっていますし、石塚さんあってのボクなんですから！

かすみ――……。

多田――スーパーには、フルーツの一盛りでも買っていこうと立ち寄って……でも、手みやげを持って行こうとする自分に、自分自身疑問を感じて……店内をフラついている時に、肉屋の前で、野村さんと奥様の雪子さんがいらっしゃるのを見て、あここで挨拶するのは変だと、足がこう……。

かすみ――どうして変なの……？

多田――だって、スーパーの中ですよ。

かすみ――変じゃないわよ、スーパーの中。

多田――そうかな……。

かすみ――肉屋だったからでしょ、そこが。

多田――え？

かすみ――さっきからよくわからないとか、変だとか……肉よ、原因は！

多田――……。

かすみ――あとその石塚のこと！　あなたが何度来たって、私のあの人に対する気持ちは変わらない！　ってことは、あなたがここに来る意味は、ほぼない！ってことよ。

多田――ええ、かすみさんがそうおっしゃってるってことは、石塚さんには伝えますよ、伝えてますよ。でもさっきから言ってるように、石塚さんは、「行け！　お百度を踏む！　それがオレの誠意だ」って！

かすみ――だったら本人が来るべきよ！　そうでしょう⁉

多田――もちろんボクもそう言いましたよ！　でも、自分が行くと逆効果だって石塚さんは――。

かすみ――それに対してあなたは、多田くんは何てこたえてるの⁉

多田――ボクですか、ボクは……「ハァ、そうですか」って……。

かすみ――それ、こたえじゃない！

多田――……。

かすみ――逆効果って……！

多田――ですから、今憎しみに見えるものが実はそうではないと気づくためには距離が必要だって石塚さんはおっしゃるんです。

かすみ――何なの、その屁理屈。

多田――いや、ボクは石塚さんのおっしゃることを、うまく代弁出来てるか、ちょっと自信がないんですが……。
かすみ――ちょっとそれとって。
多田――どれですか。
かすみ――それ。（ペットボトルの水を指す）
多田――あ。

多田、とって渡す。

かすみ――多田くん。
多田――ハイ？
かすみ――聞くけどさ、私って、どう見えてるの？　あなたの目には。
多田――どうって……可愛い人だなって……。
かすみ――……。
多田――え、それ、まずいですか？
かすみ――誰よりって言い方、出来る？
多田――誰より？
かすみ――だから、誰より可愛いとか、そういう言い方よ。比較するものがないと、どれくらい可愛いのか、わからないでしょ？　ま、可愛いって表現も問題だけど、それはこの際、良しとするわ。

多田――ちょっと待って下さい、テレビに出てる女優さんとか、そういう誰かですか？　だって、ボクのまわりにいる人と、かすみさんのまわりにいる人では、共通のその知人もいないでしょ、ってことは比較しても誰それってことになりますよ。

かすみ――そうね……じゃあ、雪子さんとは？　共通の知人でしょ？

多田――雪子さん……。

かすみ――可愛いんじゃない？　あの人も。ちがう？

多田――か、可愛いですね……。

かすみ――ホラ、比較出来る……。

多田――でも、可愛いがちがいますもん！　だってかすみさんのお母さんじゃないですか。

かすみ――血はつながってないわよ。

多田――って言うか、お父さんの奥さん！　そんな……比較なんか出来ません！　いや、その前に失敗しました、可愛いなんて言って、石塚さんの奥さんに対して！

かすみ――タバコ変えた？

多田――え？

かすみ――においがなんか……どうちがうの？

多田――え、何がですか。

かすみ――さっき……言ったでしょ？　可愛いがちがうって、私と雪子さん。

多田――ホントに失敗しました、そんな言葉、使うべきじゃなかった！　だから忘れて下さい。

かすみ――……ねえ。

多田――え？

かすみ――私の部屋に来る？

多田――え？

かすみ――これだけ、ここに通っていながら、まだ私の部屋に来たことないでしょ。

多田――……。

かすみ――部屋を見て、ちゃんとここを生活の場にしてるってことを観察してさ、報告してよ、石塚に。発展的報告ってことになるんじゃない？

多田、しばし動かずにいるが。

多田――あ、そうだ……（バッグから封筒を出して）これ……あずかってきました……生活費ってことで……。

その多田を見たかすみ、笑うので。

多田――え、何スか？

かすみ――意味ってわけね、ここに来たことの。

多田――……。

かすみ――（お金を受け取りつつ）これも報告してもらおうかな、生活費はほとんどかかってないって――。

かすみは雪子に気づいた。
その視線で、多田も気づく。
雪子が買い物から帰ってきていたのだ。

多田――あ……。（と頭をさげる）

雪子――魔よけみたいね……玄関にある靴……大きくって。

多田――すいません。

かすみ――誉められてるのよ、（雪子に）そうでしょう？

雪子――フフフ……。

雪子は、買ったものを冷蔵庫にしまいはじめて。

かすみ――あら、あら、あら……誉められてるわけでもなかったみたい……。
多田――あの、あれ、先生は？
雪子――え？　あ、主人？
多田――ご一緒じゃあ……。
雪子――そうよ、どうして知ってるの？
多田――あ……。
かすみ――お見かけしたらしいわよ、スーパーで。
雪子――私たちを？
かすみ――そ。（多田に）ね。
多田――ハイ……。
雪子――どうして声かけてくれなかったの？
多田――すいません、なんか……。
雪子――いやだ……。
かすみ――普通さ、そういうこと心の中にしまっておくものでしょ？　声かけなかったのならさ

多田――……でもさ、口に出すんだよねえ、この多田くんて人は。
かすみ――ですから、お二人、ご一緒だったから遠慮したんですって！
多田――だからぁ……そこまではいい。でもそれを心の中にしまわないで、口にしてしまうところが問題だって話をしてるの。
かすみ――口にしない方が、むしろ変じゃないですか？
多田――そう？
かすみ――そうですよ！
雪子――変かな……（雪子に）ねえ、変？
かすみ――え、なあに？
雪子――またまたあ、聞いてたくせに。
かすみ――何よ、聞いてなかったわよ。何が変だって話？
多田――多田くん、言ってよ。
雪子――いいですよ、どうせボクが変だって話に落ち着くんですから。
多田――え、何が変？
かすみ――（かすみに）見たものを見なかったことにすることがボクは出来ない、そういうことですよ。
多田――じゃあ、どうして声をかけなかったのよ。
――またそこに戻るんですか？

かすみ――見なかったことにするためでしょ？

多田――え？

かすみ――なのに、なぜそれを口にするのかってことを私は言ってない？

多田――（雪子に）ヘルプミーです。

雪子――多田くんが、声をかけてくれさえすれば問題はなかったってことね。

かすみ――そうでーす。

雪子――私もそう思うわ。

多田――ホラ！　（溜息ついて）これが川の流れというやつですよ。

かすみ――……何なの、それ。

多田――ハハハ……。

かすみ――笑ってるし……。

雪子は、窓辺にあるパソコンの方を見ている。
あるいはそこに射している西陽か。
二人が、そんな自分に目を向けていると感じた雪子。

雪子――（少し笑って）……びっくりした……あの机、あんなところにあった？

多田——あ、それ、ボクも……。
雪子——ねえ！　しかも、窓辺にあんな可愛い花！

確かに窓辺にはなかった机がそこにあり、その机にはかすみのパソコンがあり、その脇に花が飾ってあるのだ。

雪子——いつから？
かすみ——何が？
雪子——あの机よ！
かすみ——今日、さっき。
雪子——私たちが買い物に行ってる間？
かすみ——うん……。
雪子——そうよね、だって今はじめて……。
多田——ボクも、さっき、いいなあと思って見てたんですよ。
雪子——運んだの？　一人で、あれ。
かすみ——そうよ。
雪子——多田くんもおどろいたのなら、そういうことよね。

かすみ――おかげさまで部屋がガランとしちゃった……。
雪子――え？
かすみ――二階の部屋よ。
雪子――ああ、あなたのお部屋ね。
かすみ――……。
雪子――今ちょっと頭が混乱しちゃったのよ、あれ？　私が初めてこの家に来た時、（窓辺の方を指して）こうなってたんじゃなかった？　とか思って……何かの記憶とダブってんのね、きっと……。
かすみ――どんな記憶？
雪子――うーん……何て言えばいいんだろう……初めてこの家に来た時だから、つまりあなたのお父様と結婚した時ってことになるわけだから……ちょっとドキドキしてる感じ？　迎えられてる感じよ。
かすみ――机なんか置いたことはないわ、ここはリビングだし……。
雪子――そう、そうよね、今はそのことがわかるし、記憶がこんがらかってただけだってこともはっきりしてるわ。
かすみ――私の方こそ驚いた……机ひとつでそんな……。
雪子――（思い出したように）ああ、そうか！　かすみちゃん、あの時、花を飾ってたのよ、自分の部屋に。私に部屋を見せてくれた「こんなところです」みたいな、そんな感じでさ……
だから、こんがらかってるって言うか、場所が変わってるだけよ、そうだわ！

多田——新しいお母さんに！

雪子——新しいお母さん……そう、私はその心がまえだったけど、フフフ……。

多田——いい話だな……。

かすみ——いいかげんなこと言って！

多田——えー、だって、いい話ですよ、新しいお母さんに、娘が部屋を見せる……お互いに、ちょっと恥じらいがあってね。

雪子——かすみちゃん、中学三年だった……。

多田——ふぇーッ！　その時、雪子さんはおいくつだったんですか？

雪子——私のはいいわよ。

多田——あ、そうか。

雪子——何よ、あそうかって。

多田——ハハハ……。

かすみ、出て行こうとする。

雪子——何？　どこへ？
かすみ——……ガランとした部屋よ。
　かすみ、出てゆく。
多田——いや、ボクも驚いたんですよ。
雪子——（窓辺を見て）……。
多田——（ポケットから携帯を出して）見つけられてたんですね……サッと隠れたつもりだったんですけど……。
雪子——……。
多田——肉、買ってきたんですか？
雪子——……。
多田——肉屋の前だったってとこを問題にしてましたね、かすみさんは。
雪子——うるさいです。
多田——ハイ。
　雪子、自分の携帯を出し電話する。

雪子――あ、私ですけど、今どちらですか？　望月さん……ご一緒？　……そうですか……（多田を見て）もういらしてますよ……ハイ、ハイ。（切る）

多田――……。

雪子――ええっと……何だっけ……あ、そうか！

雪子は、買ってきたものを冷蔵庫に入れてゆく。
時々、多田をチラチラ見ながら。
多田は、自分のスマホをいじってる。

雪子――ずいぶん薄着ね。

多田――え？　ああ……。

雪子――堅気の人とも思えない。

多田――もちろん上着は着てきましたよ。

雪子――……。

多田――だって、見てるでしょ？

雪子――くつろぎはじめてるって話をしてるのよ、最初の頃はネクタイもちゃんと締めて……話題っていえば、そのネクタイの柄を誉めるくらいしかなかったのに。

多田　――フフフ……。
雪子　――誰にメールしてるのよ。
多田　――誰にって、石塚さんですよ。
雪子　――……。
多田　――かすみさんの様子を逐一報告するってのがボクの役目ですからね。
雪子　――もう報告出来るの？　今日の分が。
多田　――……っていうか、ボクも正直なところ、わからなくなってるんですよ、その、報告することの意味っていうか……。
雪子　――どういうこと？
多田　――かすみさんの心の中まではボクが勝手に決めるわけにはいかないでしょ？　かといって、人間、やることは毎日そんなに変わるわけでもないですからね……まあだから、極端な話「特になし」みたいな報告になるわけですよ。
雪子　――(少し笑って) 何を言いたいのかよくわかんない。
多田　――え！　そうですか!?
雪子　――どうして勝手に決めちゃダメなの？
多田　――だってわからないじゃないですか、心の中までは！
雪子　――決めてほしいんじゃないの？

多田――石塚さんがですか？

雪子――もちろんよ。だって「おまえの目から見てどうなんだ？」それを聞きたいから、石塚さんは、あなたをこうやって……そうでしょう？　実際問題、かすみちゃんは、石塚さんのところには戻らないって言ってるのよ、そのことは報告してるわけでしょ？

多田――してますけど、とにかく石塚さんは、「言葉ってのは、意味を伝えるものじゃないから」って……。

雪子――え？

多田――味気ないこと報告してんじゃないよ、って、すごく不機嫌になって……。

雪子――だからそれは、勝手にでも何でも、あなたの独断がほしいって、そういうことじゃないの？

多田――えー、オレは何なんですか、石塚さんの！

雪子は、パソコンの近くに来て、
それを見て、髪の毛を見つけ、つまみあげながら。

雪子――……どうすんの多田くん、あなた、私に会うためにここに来てるんじゃないのかって、かすみちゃんに思われてるわよ。

多田――え？
雪子――ダメでしょあなた、自分の役目をちゃんと全うしないと！

雪子は、髪の毛を元に戻す。

多田――（それを見て）……。
雪子――（多田を見る）
多田――（目をそらす）
雪子――見せて。（と手を差し出す）
多田――え、何を？
雪子――その、報告よ、石塚さんへの。
多田――えー。
雪子――力になってあげるから。

多田、ためらいつつも、自分のスマホを差し出す。

雪子――（見て）ホントにこれだけ!?

多田――いや、あとでまた送るつもりではあるんですよ。
雪子――むしろ乱暴よ、この、たった一言。
多田――だけど、さっきの勝手に決めるって話ですけど、前に、あホラ、例のバッグ、御殿場のアウトレットで買ったフェラガモの……あのことで、かすみさんの心には、確かに、婚約中の思い出がよみがえったみたいで……とか伝えたら、急に不機嫌な顔になって、「どの口が言わせるんだ、そんなこと」とか言われちゃって……。
雪子――さっきの、削除しておくから。
多田――え？
雪子――（削除している）……。
多田――あ、さっきのね……。
雪子――（スマホ、返して）……お正月はどうするんですかって聞いてくるといいわ、石塚さんが、それ、聞いたって……。
多田――ああ……。
雪子――そうやって自分から働きかければ、何かの糸口になったりするものよ。少なくとも、自分の存在についての疑問は口にしなくなるはず。
多田――……。（雪子を見る）
雪子――（見られて）なあに？

多田――(ニタついて) 存在って……。(と雪子の腕に触る)
雪子――(払って) 何してるのよ!
多田――そうか……そうですね……。
雪子――何がよ。
多田――行って来ますよ、役目を全うしに。

立ちあがり、二階を見あげるような多田。

雪子――……。
多田――さっきも言ってた……ん? 言われた? うん、言われてたんですけど、ボクまだかすみさんの部屋に行ったことないんですよ、これだけ通っていながら……。
雪子――……。
多田――そのことも、わからなくさせてるのかもしれませんね、ボクという存在の……その……意味? (セリフの稽古でもするように)「お正月、どうするんですか」か……うん!

多田、かすみの部屋に向かうべく、出てゆく。
雪子は、窓辺の机に近づいて。

雪子――（あたかもそこにあるパソコンに語りかけるかのように）……え？　ホントに驚いたのよ……はじめは何だろう……そう、キレイだと思ったの……誰かが静かに考えごとをしている、この西陽の中で……ひっそりと……フフフ……ふと、そう感じてしまったの……だけど、それは、口にしてしまうと何だか変でしょ？　だから……あんな思い出話を……気にくわなかった？　でも嘘ではなかった、私の言ったことは……そうでしょう？　……あ、でも、何もこんな時にって感じはあったかもね……え？　そういう意味では、嘘だって言っていいって？　ああ、自分の気持ちに対してね……。だから、でも、フフフ、つなぎの言葉は何だかわからないけど、問題はその自分の気持ちってやつよね……カガミをこんな風にもって、こうやっていろんなものをうつすとするじゃない？　そんな感じよね、その自分の気持ちのことよ……だって何がうつるかわからないんだもの……。

その雪子がシルエットのように見える。

廊下を歩いてくる多田。

多田――かすみさん、部屋に入れてくれませんね。

雪子――……。

4

廊下に笑い声。
歩いてきたのは野村と望月。

望月――（リビングに行こうとする）
野村――（ので）こっち、こっち。
望月――あ、こっち。

二人、和室に入ってきた。
望月は、ピザの配達の衣裳を着ている。

野村――うちはピザなんか頼まないんだよ。
望月――まあ、まあ、まあ。

野村――帽子ぐらいとりなさいよ。
望月――失敬、失敬。
野村――マスクも。
望月――今。
野村――すっかり入れちがいになってしまったじゃないの。
望月――すいません……あの時間から出かけるとは思わなかったもので……ん？　奥さんは？
野村――だから見送りだよ、駅まで。
望月――あ、そかそか……じゃあ娘さんは？
野村――いるんじゃないの？
望月――部屋に？
野村――うん……人の話、聞いてないね。
望月――娘さんのことまでは聞いてないでしょ？
野村――だから女房の話。
望月――いや、そう、見送り……そうでした。

野村、リビングの方へ。

望月――あ、もう、ホント、おかまいなく！

望月は、ピザの箱から、写真、カメラなどを取り出している。

望月――（ひとりごとのように）……会いたかったなあ……多田くん。

ウイスキーセットなどを持って戻ってきた野村。

望月――大丈夫なんですか？
野村――何が？
望月――二人で駅まで、しかもこんな時間に。
野村――何が言いたいの。
望月――「あ、そこ、水たまり」「あ、やだ」そんなことになりません？
野村――何なの、それ。
望月――あ、いやいや……。
野村――なるかもな、夜道に水たまりのひとつもありゃ。
望月――（感心したように）ハァ……大きいな。

野村――ん。（とグラスを）
望月――あ、どうも。
野村――え？　何？　大きい？
望月――大きいですよ、器が。
野村――……。
望月――（写真を見せて）これ、こないだの……プリントアウトしたんです。今日の分はこっちに……。（とカメラを示す）
野村――（写真をパラパラと見て）ほとんどうしろ姿じゃない。
望月――気づかれないようになってなると、どうしても……。
野村――これ、例の喫茶店で背中合わせになったって日の？
望月――そうです。喫茶店出て、思わずあとを尾《つ》けて……。
野村――一人でコーヒーのんでたんだろ？
望月――ハイ、椅子をひいて立ちあがる時、私のここにぶつかって、「ごめんなさい」って言ったんですよ！
野村――それでも気づかなかったの？
望月――その時私、土方の格好してましたから……タオル頭に巻いてたし……って言うか、あいつ、ほとんどまわりが見えてないですね……虚ろです、すべてが。「ごめんなさい」も、こんな感じですから……「ごめんなさい」。

野村——そりゃ何？　あんたがいなくなったことで、奥さん、相当なダメージを受けてるってことと言いたいの？

望月——……と思うんですよ……（カメラの再生ボタンを押して）これ、見て下さい、今日のです……顔が写ってます……ホラ、化粧もしてません……。

野村——化粧？　してない？　これ。

望月——してませんよ、わかるでしょ？

野村——あ、そう。

望月——どっかに行くのかなと思って、アレしてたんですけど、どこに行くってことでもなかったんです……ただ駅の反対側まで歩いてみたかったんでしょうね。

野村——これ、カメラ見てない？

望月——あ、私も一瞬そう思ったんです！　気づかれた！って……でも、ちがったんです……このあとボンヤリこう……虚ろなんです、すべてが。

野村、もうこの話はいいとばかりに、
写真など望月の方に押し返して。

野村――ふーん……。

望月――逆に言えば、まだこうやって外を歩く元気があるんだって、そういう風に考えてるんですけどね、私としては。

野村――私もさ……はじめのうちはね、望月さん、あんたの思いっていうか、打ち明け話を興味深く聞いたし、こうやって知り合ったのも、何かの縁だとも思ったよ……だけどさ、こうやって写真とったり、歩いてるのを尾けたとか――。

望月――いやいや、私は――。

野村――ま、聞いて。こうやって、あんたと同じ目線で、あんたの奥さんのことを見るように強要されてる事態はさ、これはいわば苦痛だよ。

望月――苦痛……。

野村――だって、私はあんたの奥さんに、それほど興味もないしさ。

望月――いや別に強要してはいませんよ。

野村――人にはね、相手のことを、まあその、いい気持ちでいてほしいっていう、思いやりってもんがあるよ、バランスだよね、人間関係の……バランスよくいたいっていうさ……そのバランスってもんは、お互いが、自覚しあうもんであってさ、そこらへん無自覚にね、自分だけが気持ちいいって時間を、あんまりつづけるとね、これは、言うなれば、強要だよ、自覚出来てない分、よけいタチが悪い。

望月――ちょっと待って下さい、私がこうやって女房のことを話してるのが、私の気持ちいい時間だって言うの？

野村――いや、気持ちいいかどうかわからないけど――。

望月――言ったじゃない！　気持ちいい時間だって！

野村――気持ちいいって言葉が正しいかどうかはわからないよ。

望月――言って、正しい言葉で！

野村――わかるだろ、話の流れからして！　自分勝手な時間てことだよ！

望月――自分勝手!?　私はね――、あいや、ちょっと待って。野村さん、あなたがおっしゃったのよ、私が初めて私のことを話した時、私たち夫婦のことを話した時！「それは由々しき事態だね、見守りたいよ」って！　その口で！

野村――言ったかもしれないよ、だけどさ、あれから時間もたって、あなたたち夫婦のことに関して、私の目に見える様子も変わってきてるんだよ！

望月――どう？　どう変わってきてるんですか？

野村――だいたい、その格好、なんでピザ屋である必要があるんだよ。

望月――え!?

野村――かえって目立つだろ、それ。

望月――野村さん、私のことを知ってるからですよ！　私がピザ屋じゃないってことを知ってるから、ピザ屋の格好が目立つってことになるんですよ！　私のこと知らない人には、完璧なピザ屋ですよ、これで！
野村――なんでピザ屋である必要があるの？
望月――え？
野村――いいよ、もう！
望月――あ、通らなくなったんでしょ、自分の理屈が。
野村――何だって？
望月――いいですよ、こっちだって。
野村――そうやって、いちいち変装する必要があるのかって話をしてるんだよ。
望月――野村さん、野村さん。
野村――何だよ？
望月――ああ、そうか、野村さん、そうですね。
野村――え？
望月――人はこうやって変わるんだってことが野村さん、わかってらっしゃらないんですよ。
野村――え？
望月――私は……これで、望月ではなくなるんですよ。
野村――だからその嬉しそうな顔が納得出来ない……この一年の間に、あんたのその顔から、切実なものが見る見るなくなってきてるってことだよ。

望月　――切実……なるほど……（真剣な表情になって）……危険なのかな、すでに私は……。

野村　――危険？

望月　――泣くべき時に笑ってしまってる……私は、そんな人間になってしまったのかもしれません……。

野村　――しまって、それ。（写真など）

望月、ピザの箱にしまい始める。
野村は、床の間にある小物入れの引き出しから、ある物（バイアグラ）を出し。

野村　――あと、これ、返しておくから。

望月　――え？　使わないんですか？

野村　――ああ……クスリなんかにたよりたくない……。

望月　――だけど、その……。

野村　――こないだあんたが話してたジジイと同じになってしまう。

望月　――……。

野村――自力で何とかするから。

望月――何とかって……だから言ってるんですよ、私はこれで（ピザ屋の格好で）望月ではなくなるって話を……野村さん、自分の力ではなんともならないってこと、あるんですよ、そうじゃありませんか？

野村――それも含めて自分だろ。

望月――いや、それは立派な考えですけど……出来ます？　使わないで。可能ですか？

野村――……。

望月――だって、年齢的に、そりゃ――。

野村――やめろ！　年齢、年齢って！

望月――……。

野村――気が知れない！　そうやって、いろんなことあきらめようとする奴の……。

望月――いや、あきらめるっていうか……。

野村――それか！　結局、それなのか？　あんたがこうやって、女房の前から姿くらませてんのは!?　逃げ出してるんだ、自信がないから、男として！

望月――逃げ出してなんかいませんよ！　言ったでしょ!?　私のいない世界を女房に見せてあげたいって！　野村さん、わかってくださったじゃないですか！

野村――「へぇ」って言っただけだよ。

望月――いやいや、それは切実な問題だって野村さんおっしゃった！　だからでしょ、さっきの〝切実〟って言葉は！　おっしゃいましたよね、私の顔から切実さがなくなってるって！

野村――（写真など指して）こういうことだよ！　（切実じゃないっていうのは）……旦那のいない世界を女房に見せたいなら、もっと遠くにいけばいいじゃないか！　全然関係ないところに！同じ町内にアパートかりて、女房のまわり、ウロウロしなくったって！

望月――それだと、女房のことが！　私がいなくなった時、女房がどうなるか確かめることが出来ないじゃないですか！

野村――声がでかいよ。

望月――あ……。

二人、ちょっと冷静になったような……。

望月――じゃあ、これ、しまっていいんですね。

野村――……。

望月――……。

野村――あんた、女房のこと「愛してるんですね」って言われたら、何て言う？

望月――え？

野村——だから、そうやって、失踪したようなフリして、女房のことを観察してるなんてあんたのやり方を聞いた誰かに「奥さんのこと愛してるんですね」って言われたらさ。
望月——愛してる……。
野村——言う？
望月——うーん……。
野村——それだよ、切実っていうのは。
望月——……ん？
野村——オレがあんただったら、なぐりたおすね、そんなこと言う奴は……愛してる？　ふざけたことぬかすんじゃねぇってさ。
望月——ハハ……。
野村——いや、言葉は吐かないよ、ただ、なぐるだけだよ、言葉の応酬したって仕方ないからさ。
望月——そうか……言葉と切実ってのは、或る意味、反比例しますからね。
野村——どこでおぼえたんだよ、そんなフレーズ。
望月——いや、今、野村さんの言うの聞いてて急に……。
野村——言葉と切実、反比例か……。
望月——何だか言うような気がしてきたな……愛してるって……私の場合。
野村——そう？

望月――ええ……なぐったりしたら警察とかきて、大騒ぎになって、女房にバレてしまったりしますからね。
野村――ああ、具体的にね。
望月――え？
野村――だから、具体的に警察とか来て……。
望月――ああ、ハイ……。
野村――いや、オレだって、警察がくるほどはなぐらないよ。
望月――ま、そうでしょうけど……うちどころが悪いってこともありますし。
野村――何だ、なぐらせたくないのか？
望月――いえいえ……自分の場合って話です。
野村――……。
望月――でもそうか……野村さん、なぐるんだ。
野村――オレがあんただったらって話だぞ。
望月――ええ、ええ、もちろんです。

望月、何となく部屋を見まわす。

野村――（おもむろに）……この家を建てる時……もう30年以上にもなるか……まだ前の女房が元気な頃でさ、あ、だから娘の、かすみの実の母親ってことだけどさ……ずいぶん迷ったんだよ……。

望月――ん？　何を？

野村――いや、持ち家って、どうなのって思ってさ……つまり、その、自分のものって考え方がね、どうもよくないような気がしてさ……早い話が、自分のものだと思うと愛情だってわいてきたりするだろうしさ……やっかいだろ？　そんなことになったら……おまえはオレのもの、私はあなたのもの、そういう音楽が始終流れてるようなもんじゃないか……ああもう、そんなのやっかいだと思ったりしてさ……。

望月――ん？　家のことですよね。

野村――家のこと、家のこと。

望月――ああ、ハイ。

野村――（目頭を押さえて泣いてる？）

望月――（ような気がして）え？

野村――「もっと浮気性の男だったら」って、何度思ったか知れやしないよ……愛情の分散てことが出来ないんだよ。

望月――……。

野村――浮気性って悪いことみたいに言われるけどさ、ああいう人たちは、ちゃんと操作が出来てるわけだろ？　愛情の操作っていうかさ……うん、要するに、分散だよ……ものすごくヒューマンな感じがするんだよ。
望月――ヒューマン……。
野村――あっちのことをこっちで隠してるとか、こっちのことをあっちでは言わないようにしてるとかさ……細かいことに気をつかってさ……ヒューマンだよ、ものすごく。
望月――うーん……。
野村――あれ、ヒューマンの反対って何？
望月――ヒューマンの反対……何だろ……悪魔的……ちがうか。
野村――悪魔的……悪魔か……うん、のさばってる感じだよね……オレにとりついてるのは、それだな……。
望月――なあにそれ。
野村――この家は、その化身だとは見えなかったかな、あいつには……。
望月――（いささか気色悪くなってきたか）……何だか、難しい話になってきたな、ハハハ……。
野村――わかってる？　あいつってのは、死んだ女房のことだよ。
望月――ええ、ええ、前の奥さん……かすみさんのお母さん……。
野村――……。

望月　とりついてるって何よ。
野村　え？　ああ……。
望月　悪魔？
野村　一点に集中してしまう愛情のことだろ……言ってるだろ？　のさばってるって。
望月　……ちょっと難しいな、私には。
野村　……。（望月をじっと見る）
望月　（ので）え？
野村　あんた、あの話してくれたことあったろ……もう半年ぐらい前になるか……女房がいない時がわかって、一度だけ、家に帰ったことがあるって。
望月　ああ、ハイ、ハイ。よそ行きの服を着て出かけたんで、すぐには戻らないと思って……ハイ。
野村　あの時の話をしてくれよ。
望月　ああ、あの時か……。
野村　夕方だろ？
望月　夕方でしたね……いやあ、ドキドキしました……万が一のこと考えて、靴もったまま家ン中に入りましたからね……廊下を歩いてリビングに行くと、女房の食べかけの……あれは昼ごはんだったんでしょうね……食べきらないまま、食卓にのってました……小皿にあったシバ漬け……私、ひとつ、口に入れました……水道の蛇口をちゃんと締めて……いや、締まってたんですけど、女房の悪いクセで、蛇口をちゃんと締めないんです……その時は、ええ、締まってました……。

野村――早く部屋に行けよ。

望月――ハイ？

野村――自分の部屋に行ったんだろ？

望月――あ、そのあとね……ええ、行きました、私の部屋に……片づいてました、きれいに……たぶん女房が片づけたんでしょう、私、金曜日に帰るって言って出ていきましたから木曜日の夜にでも……。(話をやめた？)

野村――何だよ。

望月――いや、こうやって話してても何だか……西陽が射していました……窓に西陽が……変な感じでした……こんな時間にオレ、この部屋にいたことない！って、その時思ったんです……西陽が射してる自分の部屋なんか見たことなかったんですから……体中がポワーンとあったかくなって……ここらへん(股間)がムズムズしてきました……「わ〜、変な感じだァ」……と思って……ヒザがガクガクって折れて、思わず机に手をついたんです……「アレ？　アレ？　ああ〜ッ」っと思った時には、もう射精してました……。

野村――そこ！　そこ、省略してるだろ！

望月――え？
野村――何もしないでか？
望月――何もしないでって？
野村――触ったんだろ!?　触ったのち、射精だろ！
望月――……。
野村――だから嘘つきだって言ってんだよ！「変な感じだァ」って、それだけで射精するわけないだろ！　思春期のガキじゃあるまいし！
望月――本棚から一冊の本を抜き取りました！　若い頃、愛読していた本です。ページをめくりました、なつかしい！　おぼえてる文章もあります！　ん？　赤いエンピツで線が引いてあります、え、これオレが引いたの？　その文章を読みます！　でもわからない！　この文章のどこに自分がひかれて赤い線を引いたのか!?
野村――ちょっと待て、ちょっと待て。
望月――（もう泣いていて）何ですか。
野村――射精した後始末はどうしたんだよ……そのまま、本棚から本を抜きとったわけじゃないだろ？
望月――どうしてそんなこと聞くんですか……想像してくださればいいじゃないですか！
野村――するよ！　するべきところは！　でもその省略は、単にズルいだろ！

望月――……。

野村――（あきれたように）本棚から本を抜き取ったって……ありえないだろ、射精したばっかりの人間が……いや、その前に、その、触った触ってないの話だよ。

望月――（泣き叫ぶように）触りましたよォ！

野村――……。

望月――でも、変な感じだったから触ったんです！

イラついた野村は、舌打ちなどしながら、

野村――切実さが足りないよ、あんた……。

と、和室の入り口に、かすみが――。

野村――（かすみに）え？

かすみ――玄関のところに誰か……。

野村――え？

かすみ――何だか気持ち悪いから……（望月に）あ、どうも。

望月——お邪魔してます……。

野村——誰かって、誰？

かすみ——（首をひねる）

野村、玄関の方へ。

かすみ——あ、おまんじゅう、いただきました。

望月——まんじゅう？　あ、まんじゅうね。

かすみ——おいしかったです。

望月——あ、いえ、いえ……。

かすみ、玄関の方に行こうとしている。

望月——あれ、旅行者値段でいいって言われて。

かすみ——え？

望月——口車にのせられたっていうか……。

かすみ——口車？

望月――フフフ……え、誰？　何？　玄関？
かすみ――ええ……あ、まんじゅうのこと？
望月――え？
かすみ――旅行者値段て。
望月――そう、そう。

野村、戻ってくる。
その野村についてきた若い男（青木）。
かすみも望月も、誰だって反応。

野村――あ、名前は……何でしたっけ？
青木――青木です。（かすみを見て）あ、石塚さんの……。
かすみ――え？
野村――ええ、かすみです。
かすみ――誰？
野村――石塚くんの知り合いだって言うんだ。
青木――鮫島ストリングカルテットの会の……。

野村——そっちの方らしい。
望月——（青木を見ている）
野村——（ので）仕事とは別に、石塚くん、これ（とバイオリンひく仕草）やってるから。
青木——あ、石塚さんはこっち（チェロをひく仕草）ですけど。
野村——あ、こっちか……。
青木——（望月に）ベートーベンの晩年の弦楽四重奏曲をマスターしようという会なんです……それぞれに正業はもってるんですが……え？　ピザ？
かすみ——（玄関の方を見た）
野村——ん？　帰ったか？

野村とかすみ、玄関へ向かう。
望月、その二人の方を見て。

望月——（青木に）私に言われても……。
青木——え？　ピザ？
望月——いや、これはその……正業じゃなくて……仮の姿というか。
青木——コスプレ？

望月——そんなふざけたもんじゃないです。

玄関から、野村、かすみ、雪子が来た。

5

リビングに、青木を囲むように、野村と雪子とかすみが――。
望月はいない。夜も深い時間のようだ。

青木――……とにかく稽古にもならないんです……今日も14時集合ということで全員そろったんで、始めようとはしたんですが。

野村――そうか……今日は日曜日だったな……。

青木――ええ……。

野村――でもその、一千万円もするチェロを買うってのは、ホンキなの？

かすみ――ホンキなわけないじゃない！　だいたいどこにあるっていうのよ、そんな金。

野村――ローン組むって言ってんだから。

青木――結局、心の隙間、だと思うんです……ポッカリあいた穴を、そういう、何て言うんでしょう……モノで埋めると言いますか……それも安手のモノじゃなくて……ええい！

かすみ——どうだ！ってアレですね……。
青木——……。
野村——要するに、アレだろ？　女房が、このかすみが帰ってこないから、スネてる、そういうことだろ？
青木——自分自身をいたぶることで、心を浄化させると言いますか……いえ、ボクには、そう思えるんです。
青木——スネてる……ああ、そういうことなのかな……。
野村——一千万という金額の大きさが心のでもあると——。
青木——ですね、ですね、ええ、ヨーヨーマのチェロが一説によると、二億円と言われていて、石塚さんは、そのチェロは、今日本で手に入るのかと、そんなことを真剣にお聞きになるので、私はアマゾンで——。
かすみ——やめて、やめて、やめて。
青木——……。
かすみ——イヤです、そんな男、何なの、多田さん、よこしたり、こんな……。
青木——青木です。
かすみ——え？　何のためにいらっしゃってるんですか？
青木——その多田さんて方……私は存じあげないんですが、どうもその、要領を得ないということで……医療で言うところのセカンドオピニオンと言いますか……。

かすみ――セカンドオピニオン！

青木――（野村と雪子に助けを求めるように）ちょっと例えがアレだったですかね……適切ではなかったですかね。

野村――大丈夫、大丈夫。

青木――あ、これはお願いです。私が来たこと、その多田さんて方には、絶対内緒で！　多田さんには多田さんの役目というものがありますから、私がそのセカンドオピニオン的に来たってことが耳に入ると、多田さん自身のモチベーションがさがってしまいますから。

雪子――何をなさってるんですか？

青木――え？

雪子――そのカルテットでは……青木さんは……。

青木――楽器ですか。

雪子――ええ。

青木――バイオリンです。子供の頃から習ってたもので……。

四人の間で言葉が途切れて……。

かすみ――……（つぶやく）子供の頃から習ってたなんて、どうでもいいし……。

青木――あ、ハハハ……。

野村――だから言ってるんだ、あの多田って男は、どうにも頼りにならんと言うか……それは石塚くんも感じたんだろう。

かすみ――私ね、多田さんには、いや多田さんだけじゃない、みんなに、声を大にして言ってるんです、石塚のところに戻る気持ちはありませんて！　だからあなた青木さん、とっても無駄なことをなさってると思いますよ！

青木――いやいや、無駄かどうかは、今は言い切れるもんじゃありません！　これでなかなか、しつこい男ですよ。（と自分の胸をポンポンと）

かすみ――ハァ……。（あきれたとばかりに）

青木――実際、あの石塚さんの落ち込みようを見ると、何とか役に立ってあげたいって、そういう気になるんです。

野村――二億円のチェロ買われたんじゃ、たまんねぇからな。

かすみ、立って引っこもうとする。

雪子――え、何？

かすみ――寝る！　日付けも変わったことだし！

かすみ、出てゆく。

青木――（かすみが座ってた机のあたりを見て）……。

雪子――ホントだ、もうこんな時間……。

青木――聞きしにまさるというか……。

野村――どうですか、もう一杯。

青木――いえいえ、もう……（あらたまったようにして）実はその……石塚さんには、今回、特別の任務を申しつかってきたといいますか……。

野村――うん……ん？

青木――これはもしかしたら、女である奥様の方が、ビビッドにお感じになってらっしゃるかもしれませんが、実は石塚さん、かすみさんが、会社の部下であるその多田さんに、何と言いますか、心惹かれてらっしゃるんじゃないか、そのことに心を悩ませてらっしゃるわけなんです。だからその多田さんは、はっきりした報告をしないんじゃないか、そうおっしゃるんです。

野村――多田くんに？　かすみが？

青木――ハイ、石塚さんがおっしゃるには、そういうことなんです。
野村――（雪子に）どうなの？　奥様の目から見て。
雪子――なあに、奥様って。
野村――奥様って言うから。
雪子――どうなんでしょう……私はそういうこと鈍感な方だから。
野村――そういうことって？
雪子――だから……今、青木さん、おっしゃったでしょう？
野村――（青木を見る）
青木――（見られて）フフフ……。
野村――何だっけ？
青木――え、何が？
野村――何を奥様の目から見てだっけ。
青木――あ、だから――。
野村――そか、そか……多田だ！　多田！
雪子――仮に、かすみちゃんが多田さんに、そのォ、好意を持っていたとしても、それは石塚さんが気に病むほどのことでもないと思うんです。
野村――好意を持ってる……。

雪子――仮にですよ。
野村――あの生返事男に……？
雪子――使い分けてるのかもしれませんよ。
野村――……何を？
雪子――だから、こっちで生返事、あっちで生返事じゃないやつ、っていう風に。
野村――……。
雪子――それくらいの知恵はあるでしょ。
野村――……。
雪子――あなたが何も考えてない人間のような言い方するから。
野村――そんなこと言ってないよ。
雪子――そうですか？
野村――……。
雪子――青木さんが直接かすみちゃんにあたってみるしかないんじゃないでしょうか。
青木――あたってみる……。
雪子――ええ、逆の場合だってありうるってことでしょう？　そのはっきりした報告がなされないってことを問題にするなら。
青木――逆の場合ってのは？

雪子――つまりその、多田さんの方がかすみちゃんに……（野村に）ねぇ。
野村――え？
雪子――若い二人だもの、どこでどうからまってるのかわかりゃしないわよ。
青木――あたってみると言われましても……。
雪子――簡単なことですよ、軽く食事にでも誘って……。
青木――ボクがですか？
雪子――ボクがですよ。
青木――軽く食事かァ……。
雪子――別に重くったっていいでしょうけど。
野村――え？　多田がかすみに？
雪子――ってこともありうるって言ってるんですよ、憶測、憶測じゃ、何も始まらないでしょ。
野村――何か心あたりでもあるのか？
雪子――心あたりって？
野村――だから、その多田がかすみにホレてるとか、その心あたりだよ！
雪子――（イラついて）私は！　鈍感だって言ってるんです！　そういうことは！

野村は、雪子の語気に押されたかのように、ウイスキーを、自分のグラスに注ぐ。

雪子――やめなさいよ、もう。

野村――（青木に）いく？

青木――いえ、ボクはホントにもう……。（とグラスの口を手で押さえるので）

野村――フフ、そこまで強引じゃないよオレは。

青木――あ、ハハハ……。

野村――お年寄りの中で育ったろ？

青木――え？

野村――こんな……。（とグラスの口を手でふさいだ仕草を真似る）

青木――あ……。（首を横にひねったり、たてにうなずいたり）

野村――青木かァ……昔いたな、同級生で、青木ってのが……（と無駄話）……いじめられっ子だった……でもいじめられてる間に急に背が伸びてさ……クラスで一番背が高くなったんだよ……いい奴だったな……。

雪子――（青木に）その青木さん、知らないって言ってあげなさいよ。

青木――ハハハ……。

野村、冷蔵庫をあけたりしてる。

雪子――何してるんですか。
野村――何かつまむもんないかと思ってさ。
雪子――やだ、こんな時間に。
野村――小腹がすいて……せっかく肉を食ったのに……。
雪子――青木さん、明日、お仕事なんでしょ？
青木――ハァ。
雪子――明日って、もう今日よね。
青木――あ、そうですね……（と席を立つ）……お邪魔しました。
雪子――今度、いつなんですか？　その、ベートーベンの会。
青木――あ、日曜日、一週間後です。
雪子――そうか、皆さん、お仕事がね……。
青木――ハイ。
雪子――じゃあその日曜日までに何とか……ね。
青木――（野村を見て）いいんでしょうか。
野村――何？

青木――軽く…（雪子に）でしょ？
雪子――（うなずいて）……お願いしたいわ。
青木――（野村を見る）
野村――ああ……石塚くんを安心させるのが一番だからな。

青木、かすみの座ってた机とその上のパソコンを見る。

青木――……。
雪子――何？
青木――いえ……なんか目立つなと思って……。
雪子――かすみちゃんのよ。
青木――そうなんですか……あ、失礼します。野村さん、失礼します。
野村――あ、うん……。

青木を見送りに、玄関へ行く夫婦。
玄関の方から聞こえてくる見送りの声。
やがて、戻ってくる夫婦。

雪子――あの人、ずいぶん前から、そこらへんウロウロしてたわ。
野村――え？
雪子――青木さんよ、私、多田さん送っていく時、見かけたもの。
野村――ここ出る時？
雪子――そ。
野村――フフ……入りづらかったんだろ、そういう顔してるよ、遠慮してナンボみたいな。
雪子――……。

野村、廊下に出て二階に行きそう。

雪子――何？
野村――かすみにちゃんと言わなきゃだろ。
雪子――何を？
野村――そこまで思われてるんだってことをだよ！　石塚くんに！　肝心な時になると、ああやって！
雪子――今、そんなこと……そっとしておいてあげた方がいいわよ。

野村——……。

救急車の音が聞こえてくる。

野村——どこだ？

雪子——……。

救急車は通りすぎていった。

野村——……こんな時間に、大騒ぎしてる奴がいるんだな……。

雪子——（望月の忘れていったピザ屋の帽子を手に持っていて）……望月さん、今日はずいぶんアッサリ帰りましたね。

野村——そうか？

雪子——いつもはもっとグズグズしてません？

野村——グズグズって……。

雪子——あきらめが悪いっていうか。

野村——おまえに嫌われてると思ってるからな。

雪子――へぇ、そうなんですか？

野村――思ってるだろ、だから、最後に優しい言葉のひとつももらえないかと思って、グズグズしてるんだよ。

雪子――フフ……。

野村――結局、人に好かれたがってるだけなんだよ、なんやかや言いながら。

雪子――いいんですか、そんなこと言って。

野村――何が？

雪子――そうやって、言いたいように言わせてもらえるってことは、結局、あなた望月さんに甘えてるってことじゃないんですか？

野村――なんじゃそりゃ、なんでオレがあいつに甘えなきゃなんないの？

雪子――……わかんないけど……。

野村が、望月の帽子をかすみの机に何げなく置いた。

二人の間でそれが急に、意味あることに思えたのは、何故であったろうか。

野村――……午後になって、女房が急に家から出てきたらしい……それも見慣れない服を着て……どこに行くつもりだ、と思って、尾けたらしいんだな……。

雪子――ピザ屋の格好で？
野村――あ、どうだったんだろ、それは聞かなかったな……いや、ピザ屋じゃないだろ。
雪子――そうよね。
野村――さては、男でも出来たか、逢いびきか……あの服は男の趣味か？　ま、そう思ったりして……どう思う？
雪子――何がですか？
野村――望月夫人に男が出来たのかどうか。
雪子――私にわかるわけないじゃないですか。
野村――でも、望月がそう思ったってことは？
雪子――それは……え、どう思うって？
野村――まっとうなことかどうか。
雪子――(首をひねる)……。
野村――ま、いい……とにかく尾けたわけだ……「一年は経った、もう夫は帰って来ない」それがあいつの出した結論か……怒りと悲しみで胸がいっぱいになったと、あいつは言うわけだ……。
雪子――自分で勝手に出て行ったくせに？
野村――出て行ったって、近所にアパート借りてんだから！　確かめたかっただけなんだよ、あ雪子――いつは。自分というものが女房にとって、どんな存在なのかを！
野村――え？　何？　何か言いたいのか？
雪子――……。（うつむいて笑ったような）
野村――今、何か言いたそうだったたじゃないか。
雪子――ううん。
雪子――そんなことないわよ。
野村――そう？
雪子――……。
野村――何日か前から女房の動きがおかしいとは思ってたらしいんだな……通りまで出て、誰かが通るのを待ってるような感じもあったし……。
雪子――その時の服装は？
野村――え？
雪子――その、通りまで出た時の奥さんの服装。
野村――いや、それは……そこまでは聞いてないよ……あ、もしかしたら、それもちょっと、見慣れないものだったかもな……うん、そうかもしれない……（雪子を嬉しそうに指さして）こまかいねぇ……！
雪子――別にこまかかないわよ。

野村　いやいや……女性ならではのこまやかさってやつだ……イカン、イカン、ヤローならではのズサンさが……そうか、通りに出た時の服装な……。
雪子　そんなことはいいから。で、尾けて？
野村　ハハハ、急ぎたもうな、ちょっとインターミッション。って、これのインターミッションじゃないよ、って何のこっちゃ！　ハハハ。
雪子　……。
野村　（帽子のこと）取りに来ねぇな……気づいてんだろうに……。
雪子　今日はもう来ないでしょ。

野村、パソコンのあたりを探るように見て、パソコンの横に落ちている髪の毛を見つけ、手でつまんで、それをゴミ箱に捨てる。

野村　フフフ……。
雪子　……。
野村　かすみの奴も望月のことは、アレだな……好ましくは思ってないな……。
雪子　もって、私は別に……。
野村　いやいや……しょうがない、嫌われるさだめにあるんだよ、あいつは。

雪子――どうして？

野村――……笑ったりするからだろ。

雪子――え？

野村――笑っちゃダメなんだよ、あいつは、それでやっとつり合うんだから。

雪子――つり合うって？

野村――自分がやってることとさ……ホラ、あれみたいなもんだよ、テレビのニュース番組でさ、アナウンサーが、悲しいニュースを悲しそうにやったあとにさ、なんか明るいニュースになって、いきなり豹変したみたいに明るい表情でしゃべり出したりするだろ？「ちょっと待て、さっきの悲しい話はどうなったの!?」って言いたくなるような……あいつも同じ！　いきなり笑ったりするからさ！　言いたくなるんだよ、おまえ笑っちゃダメだろって。

雪子――別にそのアナウンサー、嫌われやしないでしょ、だからと言って。

野村――そう？

雪子――そうじゃないと変だし、逆に。変でしょ、明るいニュースになっても、ずっと悲しそうにしゃべってるの。

野村――（手におえないという風に、首を横に振って）……わかんねぇ！

雪子――（悲しそうに）「子供たちは、ハシゴの上で見事な曲芸を見せる消防士たちに、割れんばかりの拍手をしていました」……変でしょ！
野村――うん、そりゃ変だよ。
雪子――そうやって人間は生きてるんだってことじゃないんですか？
野村――アナウンサーの例は、ちょっと失敗したかもしれない……ま、ありゃ仕事だ。
雪子――同じですよ、たくましさの証しだもの。

話が思わぬ方向に行ってしまったことをお互いに感じ合った。

雪子――だからその、望月さんの奥さん……え？　男がいたんですか？
野村――あ、そか、その話だったな……。
雪子――失踪したはずの夫に尾けられるなんて……笑うに笑えない。
野村――やっぱりそうか、奥さんの側に立つんだな……。
雪子――立ってやしないけど……え？　男がいたって話？
野村――ここからは望月本人の言葉だから、真偽のほどはわからないよ。
雪子――……。
野村――どこに行くんだろう、そう思って尾けていた女房が、ふと立ち止まったりする……そして、また歩き出す……また立ち止まる……「あれか！」望月はそう思った……どっかに行くんじゃない……女房は尾けていた……男だ……男が立ち止まるたびに、自分も立ち止まっていたんだ……誰を尾けていたと思う？

雪子——え、男でしょ？

野村——男は男だけど……。

雪子——（首を横に振る）……。

野村——ユニクロの黄色いステンカラーコートを着た男……女房はその男を尾けていた。

雪子——……。

野村——そのコートは、望月が女房と一緒にユニクロに行った時、「これ、いいね」と言って買ったのと同じものだったんだ……わかるか？　女房は夫の面影を、いや、望月そのものを追っていたんだ……。

この時、窓辺に月の光が射しこんできてパソコンが置かれた机のあたりを照らしていた……。

雪子——……それ、いい話？

野村——……どういうこと？

雪子——だから、望月さんとしてはよ。

野村──その、一刀両断にするような言い方、やめなさいよ、たぶんいい話だよ、望月の話しぶりからして。

雪子──……。

野村──うん……だいじだよ、〝たぶん〟てことも……何でもかんでも白黒つけられるもんじゃない……。


野村は、窓辺に行って、月を見るような動き。


雪子──白黒つけようとしてるわけじゃありませんよ。

野村──（その言葉を受け流すような）……。

雪子──その時、望月さんが嬉しかったのかどうか知りたかっただけです……。

野村──（その言葉もまた。そして）……冬の月はキレイだな……。

雪子──……。

野村──……雲が流れてる……ホラ、見てみなよ、キレイな月だ。


雪子、それに従って、窓辺へ。

二人のそばには、かすみのパソコン。

雪子――（窓の外を見て）フフフ……。
野村――何？
雪子――あれ、何だろ、木のかげに黄色い……。
野村――（見て）ああ……。
雪子――さっきのユニクロのコート思い出したから……。
野村――フフ……防水らしいぞ、そのコート。
雪子――へぇ……。
野村――ドラムカンだな、ありゃ。
雪子――あ、ドラムカン。

野村の方が窓辺を離れて。

野村――（パソコンのこと）部屋に持っていかないようになった……。
雪子――こんなところに置いたままだと、誰かに読まれてしまうのにね。
野村――誰かって……オレたちしかいないじゃないか。
雪子――多田さんだって……ヘタしたら望月さんだって。

野村――ヘタしたらって……。
雪子――（また窓の外を見て）ドラムカンかァ……。
野村――ケチったかな……。
雪子――え？
野村――いや、今日の肉……やっぱサーロインだな、肉は。
雪子――……。
野村――何も、あの多田にサーロインなんか食わせることはないと思ったもんだから……。

不意に雪子の手をとる野村。

雪子――……！

雪子は、野村のヒザの上に引き寄せられた格好。

野村――待てるか？
雪子――……。
野村――若い者は、どうしても表面ヅラのことしか見ない……裏に何があるかってことに思いがいかないんだな……そこでとんだ誤解が生じる……そりゃ不幸だ……雪子、待てるか？
オレのこと。

雪子——……。

野村——フフ、例えばこういうことさ……返事がなけりゃ、そりゃ拒否されたもんだと若い奴は見る……だが、そういうことじゃない……待てるんだろ？

雪子——ええ……待ちますよ……。

二人に月の光が射し、
かすみのパソコンが二人を見ている。
その証しのように、カタカタとパソコンを打つ音が聞こえてきたのだった……。

6

薄暗い空間。

廊下を歩いてくるかすみ。

かすみ――……私は時々思う……人間の、いや男たちの背中にはどんなセンサーがついていて、どんな警報が鳴るから、彼らは、前へ前へと進もうとするのか……それが正しいことと思わないまでも、そうした方がいい、そうすべきだとは思っているのだ……そして、どちらがより前へ進んだのかを競い合おうとする……そのころにはきっと、正しいのか正しくないのかなんてことは、もうどうでもよくなっているのだろう……では、そうなった時の彼らの行動を司るものは何だ？

見えてきたのは、リビングの机の上のパソコンを見ている多田。

多田――……他人の目だ……。

かすみ――（その多田を見ている）……。

多田――見られているという意識が、彼らの精神と肉体をあやっっていく……戦争中に、敵の捕虜になった兵隊の話を聞いたことがある……捕虜は、戦争を終わらせるために味方の兵士たちに投降を呼びかけるように説得された……その捕虜も戦争はあってはならないと考えていることがわかったからだ……敗戦濃厚な中で、ただ死にゆくだけの兵士たちに投降を呼びかける……だが、それは敵に協力するだけのこと……生きて故国に帰った時、自分はどんな目で見られるのか……捕虜は、一晩考えさせてくれと言った……。

かすみ――……次の日の朝、捕虜は、着ていた服を切り裂いて、それを首に巻き、収容所の一室で首を吊っていた……。

多田は、気配を感じて、廊下の方を振り返る。

が、その時、すでにかすみの姿はない。

多田――……。

そして再度、パソコン画面を見ると

かすみの声が聞こえてくる。

かすみ――……青木という男の誘いに、私はのってみた……それが何かへの復讐になるような気がしたからだ……食事をしながら、青木はこんなことを言った……「かすみさんにとって、男性の魅力って何ですか」……私は笑った……それは私との間に話題がないということを意味すると思ったからだ……だから私は、それはさも興味のある問題だという風に身をのり出して「何の意志も持ち合わせていないように見える、それが男性の魅力ではないかしら」と言ってみた……案の上、青木はポカンとしていた……私は多田さんのことをしゃべった……実際にそんな男がいるのだということを言うために……。

そこらに置いていたスマホが光る。

多田――（それをとって、耳にあてる）……（しばらく聞いてから）……え？　雪子さんの？

そこらにある雪子の買物バッグに近づいてゆく。

多田――ありますす……え？　中を？（中を見ると、赤いマルボロが入っているのでそれを手にとる）……

え？　どこにいるんですか？

廊下の方を振り向き、そっちに歩く。
さらに、廊下をはさんだ和室に行くと
そこで電話しているかすみ。

多田――（かすみを見て）……！
かすみ――（以後、電話で）もしもし……。
多田――（その遊びのごときやり方に）……。
かすみ――もしもし、多田さん？
多田――（自分のスマホは切って）かすみさん……。
かすみ――え？　何？　聞こえない。
多田――何ですか、あのマルボロは。
かすみ――何でしょう。
多田――どこだ、電気は……。
かすみ――え？　え？　何をしてるの？
多田――スイッチを……。

かすみ――歩いてる？　暗いところを？
多田――ここか……。（スイッチを入れる）

あわててスイッチを消しに来たかすみ。
一瞬のうちに消えた部屋の明かり。

多田――読んでいいって言ったから。
かすみ――……フフ……意思のない男なのに？
多田――何ですか、意思のない男って。
かすみ――今日は帰らないわよ、あの二人。
多田――え？
かすみ――連絡があったの。
多田――あの二人って……御両親？
かすみ――……だから、使い放題、この部屋。

多田、かすみから離れた。

多田――え、忘年会って……。
かすみ――ああ、父ね……そ、教員時代の……そのあと、望月さんのアパートに行かなきゃならないからって……知ってるでしょ、望月さん。
多田――ああ……。
かすみ――奥さんが病気で寝こんでるらしくって……。
多田――え？
かすみ――もう何日も前から家の玄関閉まったままで……医者が家の中に入っていくところも目撃してるらしいの。
多田――……。
かすみ――（多田の心を推し測ったように）雪子さんね……父が帰らないのならって、わけのわからないメールくれたわ……わかる？　二人きりにしようとしてるのよ。
多田――二人って、オレたち？
かすみ――……。
多田――青木って誰ですか。
かすみ――あ、ちゃんと読んだんだ……なんかね、セカンドオピニオンらしいわよ。
多田――セカンドオピニオン？
かすみ――多田くんがちゃんと報告しないから。

多田――え？　石塚さんの？

かすみ――そう、そう……あなたが雪子さんにうつつをぬかしてるうちにね、そういうことになってるのよ。

多田――（何か考えてる）

かすみ――（ので）何か心あたりでもある？

多田――え？　今何て言いました？　うつつをぬかしてる？

かすみ――そ、雪子さんにね。

多田――うつつをぬかしてる！

かすみ――石塚はね……私があなたに気があるんじゃないかと思って、あなたをこうしてここによこしてるはずよ、そこまでは私だってわかってる……。

多田――いやいや、それはかすみさん、石塚さんのこと誤解してます、石塚さんはそういう人じゃありません！

かすみ――じゃあ、どういう人なの？

多田――それをオレがこたえることは失礼でしょう、お二人に対して。

かすみ――（少し笑って）え？　お二人って、私と石塚？

多田――もちろんです！

かすみ――私、言ったことあるんだもん、石塚に。多田さんて人、ステキねって、その時ね、石塚の目が、ギラっと光ったの。
多田――ちょ、ちょ、ちょ、やめて下さいよ。
かすみ――ううん、ホントにそう思ってるのよ今も……わかる？　それをチェックするのが、青木って人の役目ってわけよ。
多田――……。
かすみ――何を考えてるの？
多田――いつだったかな……あホラ、肉をごちそうになった日、駅まで雪子さん送って下さった、あの時……誰かに尾けられてるような気がした……日曜日だから、オレがここに来ているってことは、わかってたわけですよね。
かすみ――わかってたって……誰が？
多田――だからその青木って人が。
かすみ――でもその青木を、よこしてるのは石塚よ。
多田――石塚さん⁉　ホントに石塚さんですか⁉
かすみ――……。
多田――そうは思えないな……石塚さんがそんなことするとは思えない……ちょっと明るくしませんか、この部屋。
かすみ――それは自信があるってこと？

多田――何が？
かすみ――私たちがイヤらしい関係ではないってことによ。
多田――私たちって、かすみさんと――。
かすみ――あなたよ……。
多田――ちょっとそのスイッチ――。
かすみ――そこにホラ、そういうものがあるから、それをつければ？

枕許ランプがあることを言ってる。

多田――しかも、冷えるし、この部屋。
かすみ――しかたないわよ、12月なんだから。
多田――……。
かすみ――わかるでしょ？　私が石塚のところに戻りたくない理由。
多田――わかりませんよ。
かすみ――監視するためよ、あなたとあの人のことを。
多田――あの人？
かすみ――雪子さんよ…パチ。

そう言って、枕許ランプをつけたかすみ。

かすみ――否定しなくていいわよ、何も……私としては、石塚の邪推を逆手にとるだけだから。

多田――あのねかすみさん、男の世界を甘くみないで下さい。

かすみ――（驚いてみせて）男の世界！

多田――私は石塚さんの部下なんです。

かすみ――だから？

多田――（言わなくてもわかるだろって仕草）

かすみ――ん？

多田は枕許ランプを「フン」と鼻で笑うようなことをやったあと、そのスイッチをオフにしようとする。

と、かすみは、それを止めに来て。

多田――！

かすみ――あなたが言ったのよ……明るくしたいって……暗いから、この部屋が……。

多田――え、忘年会のあとに？
かすみ――え？
多田――いや……。
かすみ――ああ、忘年会のあとね……そう、望月さんのアパートに。
多田――どうして野村さんが――。
かすみ――今、それ聞く？
多田――ちょっと、この手。
かすみ――ホントだ……冷たい……フフフ、12月の手……。
多田――……。
かすみ――握り返してよ、あったかくなるから。
多田――どういうことですか、オレと雪子さんを監視するって……。
かすみ――握り返せば教えてあげる。
多田――（握り返して）え？
かすみ――あ、多田くん、男だ……。
多田――あ、あたりまえですよ……。
かすみ――握って！　強く！

どちらともなく、かき抱き、キスをする。

多田――……！

かすみ――……フフフ……いい感じ……糸ひいてるし……。

多田――どういうことですか、監視するって。

かすみ――次に進む？

多田――教えてくれたら進みますよ。

かすみ――知りたいことは？

多田――……。

かすみ――あなたと雪子さんのことが、父にはバレてないのかってことでしょう？　思い出して……青木って男のこと。

多田――青木……。

かすみ――あの男は、私とあなたのことを報告するためにうちに来てるんじゃないわ……フェイクよ、それは……父が石塚に頼んだのにちがいない……妻の浮気を確かめようとして。

多田――……。

かすみ――私は私で、あなたたちを監視する……わかる？　そのふたつの監視から逃れるためには、多田くん……次に進むしかないのよ……。

多田――ちょ、ちょっと……。

かすみ――一晩考えさせてくれ？　いやよ、だって、あなたが首を吊ってるところなんか見たくないもの……。

多田が逃れるように廊下に出てくる。
セットが移動して、二人の姿が見えなくなる。
廊下を挟んだ和室とリビングそれぞれの一部が見える状態に。
かすみの姿は見えない。

多田――（玄関の方を見て）誰か来ませんでした？

かすみ――（見えないが）……。

多田――……オレの何を試したいんですか？　わかってますよ、あなたがオレと雪子さんのことを疑ってることぐらい……でも、でもね、かすみさん、オレは無実です……ハハハ……あれは嘘ですよ……だから、どうすんだどうすんだってうちに足がこっちに向かってるってアレですよ……もっと自覚的にオレは生きてますからね……（確認するように）オレは、あなたが石塚さんの元に帰るように説得するために、ここに来ている……雪子さんは、この家の御主人つまり、あなたの父親の奥さんにすぎない……ハハハ……オレは捕虜じゃない！　自覚的に、あなたに投降を呼びかけているだけですよ……雪子さん？
まさか、まさか……だって、もういい年のオバさんじゃないですか！

多田の表情が凍る。
セットが移動して、また和室になる。
と、そこにいたはずのかすみのかわりに雪子がいる。

多田――雪子さん……！
雪子――（多田を見る）……。
多田――え？
雪子――……時々、あなたのことを、おそろしく不誠実な男じゃないかって思うことがあるの……。
多田――いや、あの……。
雪子――（少し笑って）いやあのって……何が言いたいの？　ううん、いいのよ……この年になったからそう思うのか、私が特別にそう思うのかわからないけど……言いたいことがはっきりしないって……何て言えばいいのか……とっても刺激的なことよ……女の自立を促すものね……だって、私が支えてあげなきゃ倒れてしまいそうなんだもの。

多田――いや、でも、あなた言ったじゃないですか、どうしてもっとはっきりモノが言えないの？って……ホラ、御主人も、あの望月って人もいるところで！
雪子――私だけのものにしておきたいからよ、あなたのその、優柔不断を。
多田――え？
雪子――だって、あなたがはっきり何かを言ったところで、それがあなたの本当ではないってことを私はわかっているから……あなたはうなだれて私のところに帰ってくる……また嘘の強がりを見せてしまったって……私は言う……大丈夫よ、あなたのことは私がわかっているから……。
多田――（ポケットを探している）
雪子――（ので）何？
多田――いや、タバコを……。
雪子――喫うの？
多田――喫いたいなと思って……。
雪子――（タバコを出して）これ。
多田――……。
雪子――忘れた？　私たちは二人だけの時、同じタバコをひとつの箱から一本ずつとり出して、喫いましょうって……。

多田——……。

雪子——わからなくなった？　ホントに喫いたかったのかどうか……。

雪子に近づいてゆく多田。

多田——同じにおいがすることでその……わかってしまうんじゃないかな、同じタバコを喫ってるってことが……。

雪子——いい言葉があるわ……「たまたま」って言葉よ……同じにおいは、たまたま……。

多田——でも、その言葉を言う時……ホントに「たまたま」だって気持ちで言えるかな。

雪子——大丈夫よ、あなたなら。

多田——オレなら？　どうして？

雪子——生返事の人だからよ、その言葉がホントのことかどうかなんて誰も探ろうとしない……あなたはそういう生き方をしてきたのよ、こんな時のために！

多田——雪子さん、あなたがそうやってオレのことを決めてゆくから、オレは自分がどういう人間なのか、わからなくなるじゃないか。

雪子——つける？　火。

多田——自分で。

雪子――じゃあ、私のにもつけて。
多田――……。
雪子――確認しましょう……今、私たちは同じタバコを喫っている……たまたま同じにおいになるために……。

　二人、タバコを喫う。
　と、カタカタカタとパソコンのキーボードをたたく音が聞こえてくる。

多田――（その音の方を見る）……！

　セットが移動して、和室が見えなくなりリビングが見えてくる。
　多田は、廊下の方に行く。
　と、窓辺でパソコンを打っている青木。
　その脇にいる望月。

多田――（その二人を見て）……！

青木は、打つのを休んでは、水を飲んで「ハーッ」っとため息をつくので。

望月――キミ、その、ひと息ついては、ハーッっていうの、やめてくれるか？

青木――気が進まないんですよ、こんなこと。

望月――何を言ってるんだ、野村さんにホントのことを教える方法は、これしかないんじゃないか。

青木――あなたが自分で打てばいいじゃないですか。

望月――こんな機械、私にどう操作出来るって言うんだ、あっちたたいたり、こっちたたいたり！

青木――簡単ですよ、こんなもの。

望月――出来る奴はみんなそう言うんだよ……パソコン！　文字どおり、魔物だよ……。

青木――ホントに野村さん、これを読んでるんですか？　だってかすみさんのですよ。

望月――読んでほしくってここに置いてるんだよ、その、かすみさんは。

青木――それはわかりますけど、そんな誘いにのるもんですかね、人間。

望月――のるよ、のってないように振る舞うかもしれないけどな、それが人間てもんさ、どこまで行った？

青木――（画面を読んで）……あれ？　あなたアメスピじゃなかった？って言った時の、多田のうろたえようったらなかった……私はタバコのにおいに敏感なのだ、雪子さんが隠れて、いや隠れてのつもりはないのかもしれないが、一人の時、赤いマルボロを喫っていることを私は知っている……。

望月――ちょっと待って！　雪子さん……それ彼女にしよう、「彼女が隠れて」だ、その方がいいだろ、雪子さんじゃ健康的すぎる……。

多田――何してんだ、あんたたち……。

二人、多田を見る。
あわててパソコンを閉じる青木、
そして廊下の方に行こうとするので。

望月――こっち！　こっちから出れるから！

青木――え、こっち？　壁じゃないの？

二人、いなくなる。
壁を抜けた二人を見て多田は「え!?」
後を追うが自分は抜けられず「え、え……？」

多田は机の上のパソコンを見る。

かすみの声――進もうとする足をとどめることだけを考える。それは結局、負けたくないという心のあらわれなのか？　私の中にはおそらく抜き去りがたい敗北の記憶があるのだ。……私は父の敗北を認めることが出来ない。母の敗北を認めたくはなかったように。それが私自身の敗北を思い出させるからだとすれば、私はまぎれもなく家族愛の人間だということになる。あの人の勝ち誇った顔を見ることはつらい。父が男であろうとする時、前へ進もうとする時、あの人は父の敗北を予期して、もうとどまっている自分を認め、その自分に微笑もうとしている……私は考える。進もうとする足をとどめることだけを考える。私の敗北をまさぐろうとする。懸命にまさぐろうともがく日々。だがそれは怠惰な一日の連らなりにしか見えない。そうやってまた、私は敗北を重ねてゆく……。

と、人の気配に、あわてて、机から離れる。

廊下を歩いてきた野村。

野村――（多田を見て）……。

多田――あ……。（と照れたような）

野村――望月は来てないか？

多田――望月さん……いや……あれ、望月さんのアパートに行かれたって……。

野村――いないんだよ。

多田――なんか奥さんが病気だって。

野村――なんで知ってんの？

多田――あ、か、かすみさんに聞いて……。

かすみが自分の部屋からおりてきた。

野村――またおまえは……。

かすみ――何？

野村――なんで（多田の）相手しないんだ？

かすみ――一人がいいって言うから。

多田――言ってませんよ、そんなこと。

野村――雪子は？

かすみ――父さん、今日帰ってこないって言ったら、「私も遅くなるから」って……主婦の息抜きってやつでしょう、ん？　望月さんのアパートに寄ってくるって……。

野村――いないんだよ、せっかく行ったのに。
多田――かすみさん、オレ言ってないですよ、一人がいいなんて。
かすみ――まあ、まあ。
多田――まあ、まあって……。（と言いながら、雪子の買物バッグの方が気になっている）
かすみ――（その買物バッグを、ちゃんとしたところに置き直しながら）意外と片づけ下手な雪子さん、なんつって。
多田――……。
かすみ――何？
多田――何がですか？
かすみ――何か言いたそうにしてるから。
多田――（野村を見て）……フフフ。
野村――え？
多田――ならば、ええっと……オレは、失礼します。
野村――どうなんだ、石塚くんの様子は。
多田――今は、クリスマスコンサートの方に気持ちがいってらっしゃるみたいで、いくらか……ハイ。
かすみ――あれ、まだいたの？

多田――帰ります、失礼します、じゃあ。

多田、玄関の方へ。

かすみ、玄関まで送っていく。

戻ってくる。

野村――……クリスマス……もうそういう時期か……。

かすみ――何それ……。

野村――……主婦の息抜き……フフ。

かすみ――え？　ああ、雪子さんね……。

野村――……。

かすみ――どうだったの、忘年会。

野村――うん……みんな年とってた……。

かすみ――フフフ……あ、何か飲む？

野村――……。

かすみ――飲むの？　飲まないの？

野村――おまえ、別れるか？

かすみ――え？
野村――石塚くんさ……こんな状態、いつまでもつづけておくわけにもいかないだろ。
かすみ――……。
野村――まだやり直しのきく年齢だ……お互いにな……さいわい子供はいないわけだし。
かすみ――……。
野村――何だ？　え？
かすみ――急にそんなこと言うから……。
野村――急にって……急でもないだろ、もう何か月たってるんだ、向こう出てきて。
かすみ――今まで帰れ帰れって言ってたくせにってことよ。
野村――……。
かすみ――そう……別れた方がいい……？
野村――おまえが決めることだろ。
かすみ――何かと関係あるの？
野村――え？
かすみ――急にそんなこと言い出すのは、多田くん！　雪子さん！　そういう人たちと何か関係があるのかって聞いてるの！
野村――あ？

かすみ――あと望月さん！　それとかあのベートーベン男！
野村――何を言ってるんだ。
かすみ――父さん、いつもそうだった。急に何か言い出すから何だろって思って、こうやって、糸をたぐり寄せると、その先に何か別の事情があるの！　だいたい私が石塚と結婚した時だってそうよ。
野村――え!?
かすみ――しきりに石塚との結婚をすすめた裏には、雪子さんがいたのよ！　雪子さんの御機嫌をとらなきゃならないって事情があったのよ！
野村――バカなこと言ってんじゃないよ！
かすみ――バカなことなの!?　私が今言ってることは、バカなことなの!?
野村――オレがなんで雪子の御機嫌をとらなきゃならないんだ！
かすみ――知らないわよ、そんなこと！
野村――しきりに結婚をすすめた？　ふざけたこと言ってんじゃないよ、おまえのしあわせを願ったからだろ！　石塚くんと一緒になって、おまえがしあわせになるって思ったからだろ！
かすみ――……。
野村――何て言った、オレは結婚式の時！　おまえと石塚くんの結婚式の時！　おまえのまわりに、いっぺんに、キレイな花が咲き誇ったようだって言わなかったか⁉　実際そう思ったからだよ！　石塚くんは言ったろ、そのキレイな花、枯らさないようにしますって！おまえはその横で……その横で……。（涙ぐんでいる）

かすみ――……。

野村――もういい……今日は寝ろ。

かすみ――別れるわ……そして、どっかアパートをかりる……それでしょ？　父さんが言いたいことは。

野村――（かすみを見る）……。

かすみ――そうでしょ？

野村――アパートをかりる？

かすみ――だって……そうしないとまた石塚は使いをよこすし……。

野村――……。

かすみ――あれ？　これ……（とそこらにマルボロを置いて、見つけたふりをして）……多田くん、忘れていった……やっぱりかえたんだ、タバコ。

野村――（それを見る）……。

かすみ、野村が見たことを確認すると、

それを持って、二階の自分の部屋に。
野村は、廊下に出て、階段の下に立ち、
かすみに向かって——。

野村——そんな、なんでもかんでも急に決めることたない！　……聞こえてるのか!?
かすみの声——なあに!?
野村——なんでもかんでも急に決めることたないって言ってるんだ！　だいたい、別れるって、その前に話し合いってものがあるはずだ！

野村、階段をのぼってゆく。（見えないが）
やがて、ドアをノックする音。

かすみの声——今、着替えてるから！

階段を降りてきた野村。
和室に入ってゆく。
セットは移動して和室へ。

部屋の中に立ち、しばしボーっとしている野村。
やがて、すわりこみ、音楽をかける。

野村――……。

その背中が、じっと動かない。

野村――え？　うすくって言ったんだよ……。うすく！　だから、音楽を、うすく！　かけていいかって言ったの！　何度も同じこと言わせるんじゃないよ……（バイアグラの入ってた引き出しをとり出して）ホラ、みろ、そんなものは、入ってない……え？　何？　愛情一本？……ヒヒヒ……うまいこと言うね……。

野村は、けだるく寝そべり、ころがったりして、ひじをたて、それに自分の頭を乗せて。
（まるで寝ながらテレビでも観るような態勢で）

野村――だけどさあ……忘年会はちょっと失敗だったよ……だって、枯れ木の中を歩いてるような感じなんだもん……みんな病気の話しかしないしさ……しかも盛りあがってるんだよ、病気の話で！　枯れ木が風にざわめいてるような感じ！　ハハハ……「野村さん、お若いですね」って言われたって嬉しくも何ともないよ……あのはしゃぎようから言って、若いってことに、ほぼ価値はないしさ……。（枕許ランプを足でつける）

ふと、言葉が途切れた。
野村は、そこに捨てられたようにある雪子のバッグが目に入った。
そして、その脇に、バッグからはみ出したかのように転がっているマルボロが。

野村　——……！（そのマルボロを手にとって）……何だよ、これ……え!?

セットは、和室から
リビングへ——。

7

マルボロを喫っている雪子。
ハンカチで手を拭きながら、その部屋に入ってくる青木。
夕刻前である。

青木――(雪子がタバコを喫っているので)あ、ハハハ……。
雪子――(さして反応もせず)……。
青木――モクレンのにおいがしますね、こちらのお手洗い……ボクを育ててくれた叔母のことを思い出しました……。
雪子――どういうつながり?
青木――ハ?
雪子――そのモクレンと叔母さん。
青木――あ。(説明しようとするが)

雪子――あ、いいわ、そんなこと聞きたいわけじゃなかった……（タバコを消す）……でも、そうね、いちおう説明して。

青木――叔母のまわりにモクレンのにおいがあったんじゃないかと……逆に、どこにモクレンのにおいが使われてたんだろうと考えながら、今……。（戻ってきました）

雪子――……。（白けたような）

青木――やさしい叔母だったもので……。

雪子、ことさらのように、大きな音をたてて、のどをならす。痰でもからんでいるかのように。

雪子――（それをちょっと気にして）あ、ごめんなさい……。

青木――ハハハ……。

雪子――私、かすみちゃんが嘘をついてると思ってたのよ……あんまりアッケラカンと「ベートーベンに会ってきた」なんて言うから……。

青木――（照れたように）ベートーベン……。

雪子――あなたのことよ。

青木――あ、それは、ハイ。

雪子――で？　成果は？

青木――成果……。

雪子――あなたなりに感じたことはあるんでしょう？

青木――例えばかすみさんとその多田さんて方の間に、何と言いますか、その、恋心みたいなものがあるのか否か、ということですよね。

雪子――例えばじゃないわよ、まさにそのことでしょ、成果って言ったら。

青木――しかし、それ、直接聞くわけにもいかないですからね。

雪子――だから言ってるのよ、あなたなりに感じたことはあるんでしょうって！

青木――ああ……。

雪子――あの時、私が、直接かすみちゃんにあたってみるしかないって言ったのは、いわば、成りゆきよ、わかる？

青木――ハ？

雪子――それそれ、あなたのはっきりしない立場をはっきりさせてあげたかった、それだけのことよ。

青木――いえいえ、ボクもセカンドオピニオンとして、それは、そうした方がいいと思ったんです。

雪子――はっきりおっしゃいよ。

青木――え？

雪子――あなたは、石塚さんというより、野村の、私の夫のさしがねで、ここに来てるんでしょう？　私と多田くんとの間に何かあるんじゃないか、そのことを探るために！

青木――……。

雪子――あなたが初めてこの家に来た日、私は多田くんを駅まで送って行った……あの時、私たちのことを尾けてた、あれはあなたでしょう⁉

青木――いいえ、尾けていたわけじゃありません！　あ、あれが野村さんの奥さんなのかなって……。

雪子――それだけ聞けば充分よ……フフフ、あわれなベートーベン……。

青木――仮に、仮に、ボクの立場が、あなたがおっしゃるようなものだったとしても……。

雪子――うん……だったとしても？

青木――ボクは……ボクは、かすみさんが石塚さんのもとに、帰られることを……強く、強く、願っています！

雪子――いいんじゃない？　それはそれで。

青木――おかしいですか、ボクのこの気持ち！

雪子――……。

青木――チケットを渡しました！　クリスマスコンサートのチケットです！　かすみさんに！

雪子――石塚さんからです！　そう言って、Fの10番！　ど真ン中の席です！　石塚さんの気持ちです！　そう言って！

青木――青木さん。

雪子――何ですか！

青木――もっとちがうところで強気にならなくちゃ。

雪子――え？

青木――チケットは「これ、コンサートのチケットです」って、おだやかに渡せばいいだけのものじゃない？　Fの10番なんて、書いてあるだろうから、わかるでしょ、こうやって、見ればさ。

雪子――……。

青木――でも……ここからは、私って女はって話よ……何だろう、憎めないのよ、そういう、ちがうところで強気になってしまう男……たち？　ちょっとちょっと、どこ行くの？　って感じね……。

雪子――……。

青木――ホラ、こういう感じよ、子供がさ、何か、悪いことするじゃない？　誰かのものを勝手に食べちゃったり……大人はそれを見てる、で、たしなめるわよね、そんなことしちゃいけませんよって……でも、子供はさ、必死に言うでしょ？「ちがうよ、ボクは食べてないよ！　ボクがここに来た時、もうなかったんだよ！」って、ここらへんに食べカスをくっつけたまま……それ、憎める？

青木――ボクは……悪いことは……。

雪子――してないと思う……でしょ？　してないんじゃないものね、そう思いこまないとやっていけないってとこに問題があるんだものね、あれ？　コンサートって、いつ？

青木――明日です。

雪子――明日！　いいの？　こんなところにいて！

青木――……。（照れたような）

雪子――ひどい女でしょ？　自分で呼び出しておいて。

青木――お聞きしていいですか。

雪子――何？

青木――奥さん、多田さんとは……。

雪子――え？　（笑って）ハハハ……無駄!?　今まで話したこと！

青木――あ、いや、その……。

雪子――じゃあね、じゃあね……。

と言って、和室に入っていった雪子。

その姿は見えなくなる。

雪子の声――青木くん……こっちに来て。

青木――え？

雪子の声――たたみの部屋だからスリッパは脱いでね。

青木――え？

雪子の声――言葉がそんなに無駄なものならばさ……唇にはタバコをあてがうしかないんじゃない？

青木――（廊下まで来て）どういうことですか。

玄関に人の気配、「ただいま」の声。
青木、玄関の方を見る。
かすみが帰ってきた。

かすみ――（青木を見て）ん？

青木――お邪魔してます。

かすみ――（和室に雪子を見て、青木に）一人かと思った……。

和室から出てきた雪子。

雪子――早かったのね。

かすみ――うん……（青木のことを）え？

雪子――青木くん！

青木――え？

雪子――（あなたがここにいることは）変だから……。

青木――あ、ち、近くまで来たのでちょっと。

雪子――（驚いたように）えー、私にはそんなこと一言も言わなかったくせに。

青木――言いそびれて…あ、じゃあ、ボクはこれで。

雪子――そ。

青木――失礼します、あ、かすみさん、明日、お待ちしています。

青木、玄関へ。

見送りにいく雪子。

かすみ――……。

戻ってくる雪子。

かすみ――聞いた？
雪子――何を？
かすみ――私、アパートを借りたの。
雪子――え？　どこに？
かすみ――世田谷。
雪子――え……近く？　世田谷のあの家の。
かすみ――わりとね。
雪子――聞いてない……え？　石塚さんには？
かすみ――フフフ……。
雪子――別れるんじゃないでしょ？
かすみ――わかんない……何でもかんでもいっぺんに決めることはないって父さん言うから、とりあえずね。
雪子――アパート……。
かすみ――そ、アパート、満喫して、二人だけの生活を。

雪子――どうしてよ、いればいいじゃない、この家に。

かすみ――ここにいると、追手がくるでしょ、石塚の追手が。

雪子――……。

かすみ――え？　何しに来たの、さっきのベートーベン。

雪子――ああ……。

かすみ、そこに置いたままのマルボロを手にとったりするので。

雪子――あ、ごめんなさい……。（としまう）

かすみ――私ってさ……どうにも合わないのよね、体質的に。

雪子――え？

かすみ――タバコよ、時々、うらやましくなるの、こう、タバコ喫ってる人が。

雪子――喫わなきゃ喫わない方がいいでしょ、体によくないって言うし。

かすみ――じゃあどうして喫ってるの、雪子さんは。

雪子――どうしてって……。

かすみ――クセ？　習慣？

雪子――かな……。

かすみ――いちおう父さんの前では喫わないようにしてるわけでしょ？
雪子――……。
かすみ――えらい、えらい。
雪子――ちょっと待って、いつ越すの、そのアパートには。
かすみ――明日。
雪子――明日!? 知ってるの？
かすみ――誰が？
雪子――父さんよ！
かすみ――父さん！ ……まあ、父さんか……知ってる、知ってる……。

かすみ、窓辺のパソコン前に座る。

かすみ――フフフ……。
雪子――え？
かすみ――私、お返ししなきゃ。
雪子――何を？
かすみ――私が、私の部屋を雪子さんに初めて見せた時のことを思い出させてくれたから……こちらからも、その時の雪子さんのことをね。

雪子――えー。

かすみ――私、聞いたのよ、あの時、父のどこが気に入って結婚することにしたんですかって……おぼえてる？

雪子――そうだったかしら。

かすみ――そうか……忘れてるんだ……。

雪子――私は、何て言ったの？

かすみ――ズルーい！

雪子――だって、言ったでしょ！　私はあの時、舞いあがっていたから！　かすみちゃんのいいお母さんになれるかなって、そのことで……こう、いっぱいだったのよ！

かすみ――私の母さんはね、不器量だったの、そのことをいつも気にしてた……それ言われるたびに私は、私が不器量だって言われてるような気がしてイヤだった……。

雪子――ちょっと待って、私は何て言ったのよ。

かすみ――母さんも、或る意味、ズルかったって話よ。

雪子――不器量なんかじゃないわよ、私写真みたことあるし、だいたいかすみちゃん、そんなにかわいいクセに。

かすみ――思うんだけどさ、人は、相手のことをほめて自分の身を守るタイプの人と、自分のことを卑下して自分の身を守るタイプがあるわね。
雪子――ごまかさないで。
かすみ――ごまかしてないわ、だって自分の身を守ることって、すごく大事なことだもの……だから相手のことを攻撃する人って、自分の身をかえりみることが出来ない人だってことよ。
雪子――だから？
かすみ――だからって？
雪子――わからないもの、かすみちゃんが何を言おうとしてるのか、その前に、私が何て言ったのか、それをこたえてもらわなきゃ。
かすみ――……。
雪子――父さんのどこが気に入ったのかって聞かれてよ！
かすみ――フフフ……。
雪子――なあに？
かすみ――そう、そう、そうやって私はね、雪子さんに攻撃してほしいの……そうすれば少しは雪子さんのことがわかるから。
雪子――何て言ったの？　私は。
かすみ――忘れた。
雪子――ズルいのは、そっちでしょ！

かすみ――でも忘れてない。

雪子――え？

かすみ――その時の雪子さんのうろたえた顔をよ。

雪子――どういうこと？　どういうことでかすみちゃんは、自分の身を守ろうとしてるの？　どのタイプ？　私はね、きっと言ったはずよ、父さんの優しさにひかれたって。

かすみ――ありきたり……。

雪子――ありきたりじゃないわ、実際優しかったから！　ううん、今だってそうよ、優しいもの、あなたのお父さんは！　だからでしょ？　私がこうやって毎日を平穏に暮らしていけるのは！　お父さんの優しさがあるからよ！

かすみ――……。

雪子――うろたえるわけないじゃない……何を言ってるの……。

窓辺にまた、西陽が射してきた。
かすみ、両手で顔をおおった……泣いているのだろうか？

雪子――かすみちゃん……。

かすみ――……前に進みたくない……。

雪子――え？
かすみ――一歩進むたびにまちがえるなんてイヤ……。
雪子――いればいいわ、この家に。
かすみ――……。
雪子――（明るくしようとして）私、かすみちゃんのお母さんであるために、もっと、努力する……
フフ……。
かすみ――どうしよう……どうすればいいの？
雪子――何？
かすみ――自分のことが嫌いになったら……自分のことがもっともっと嫌いになったら！

机を離れるかすみ。

かすみ――（机を見て）……。
雪子――あててみましょうか、あなたが今何を考えているのか。
かすみ――え？
雪子――男たちがうらやましい……。
かすみ――え？

雪子——なぜあれほど前へ前へと進むことが出来るのか……それも、一歩進めば嬉しそうに、次の一歩を指さしている……。

かすみ、嬉しそうに両手で顔をおおってしゃがみこむ。

雪子——ちがった？　そうじゃない？
かすみ——（嬉しそうに）全然ちがう！
雪子——ダメだわ、まだ努力が足りない。
かすみ——全然ちがう……。
雪子——何だろう……何かな……。
かすみ——……。
雪子——変な時間ね……夕陽を見るたびにそう思う……何を考えればいいの？　それともじっとしているべき？　あ、それか！　そういうこと？　考えていたのは。
かすみ——……。
雪子——墓穴を掘ってる？　私。

かすみ、雪子の胸に自分の顔を埋める。

雪子――（かすみを抱いて）そうか……墓穴を掘ったか……。

かすみ――教えてあげる、何を考えていたのか。

雪子――何？

かすみ――……。

雪子――何よ。

かすみ――一度も母さんて呼んだことがないって考えてたの、雪子さんのことを。

雪子――……。

かすみ――ないでしょ？　一度も。

雪子――……。

かすみ――ねぇ。

雪子――え？

かすみ――一緒に運んで、あの机を、私の部屋に……あ、私の部屋だったところに……いいでしょ？　母さん。

雪子――……いいわよ……。

かすみ――重いかな。

雪子――何よ、自分で運んだくせに。

かすみ——二人でも、って意味よ、一人だとそりゃ重いわ、私、こっち持つ。

雪子——じゃあ私はこっちね。

二人、机を持ち、ゆっくりゆっくり、リビングから廊下へ、そして、二階へと机を運んでゆく。

8

机もなくなった窓辺に立っている望月。
お手洗から戻ってきた青木。

青木――さすがに冷えますね。
望月――ああ……。
青木――フフフ……。（と笑うので）
望月――何？
青木――これが年の瀬ってやつですかね、お手洗の中にいても、なんだかせかされてるような気になってしまう……。
望月――どういうんだよ、それ。
青木――心がザワつくと言いますか……。
望月――ションベンしてて？

青木――ハイ。
望月――異常だよ、それ。
青木――ハハハ。
望月――心療内科行った方がいいよ。
青木――心療内科！
望月――泌尿器科の方がいいか。
青木――なるほど、なるほど。
望月――なるほどじゃねぇよ。
青木――いやいや、ありえますよ、年の瀬に心療内科と泌尿器科。
望月――名前何だっけ？
青木――青木です。
望月――普通だな……。
青木――あ、ありがとうございました、先日のコンサート。
望月――ああ……。
青木――どうでした、弦楽四重奏14番。
望月――うん、心がザワついたよ。
青木――でしょ、でしょ、いいですよね、ベートーベン、晩年の名曲です……壮年の、あっちからこっちから、こうテーマが押し寄せてくるものとちがって、何か穏やかに……それでいて、そう、心がザワつく……ただ、かすみさんにおいでいただけなかったのが残念でした……石塚さんの心そのものと言ってもよかったのですが……Fの10番の空席が……。

二階から降りてきた野村。

野村——整理しといたから。
望月——あ……じゃあ、これ、運んでいいですかね。（と自分の荷物を）
野村——ああ。
望月——じゃあ、ちょっと失礼して。

望月、二階に自分の荷物を運んでゆく。

青木——どうも苦手だな……あ、いや、あの望月さんです……。

野村は、ソファに腰をおろし、何を思うか……。

野村——え？　何か言ったか？

青木——いえいえ……。

野村——あ、苦手な……（机のあった場所を見て）……机ひとつなくなるだけで、ガランとするもんだな……。

青木——ですね……。

野村——今日は日曜日か……。

青木——そう……今年最後の日曜日ですね。

野村——あんた、タバコは？　喫うの？

青木——いえ、ボクは……。

野村——（フンフンとばかりにうなずいて）……。

青木——しかし、よくお許しになりましたね。

野村——え？

青木——かすみさんのこと……。

野村——許すも許さないもないよ、本人が決めたことだ。

青木——ですね、ですね。

野村——ですね、ですねって……それ、クセ？

青木——あ、ハハハ。

野村――なんか、イヤだなァ……。
青木――気をつけねば……。
野村――これ、アパートの住所だから。（と紙キレを渡す）
青木――あ、ハイ……。
野村――石塚くんは知らないことにしとかなきゃダメだよ。
青木――（自分の胸をポンポン）大丈夫です。
野村――多田のあとを尾けたら、このアパートにたどり着いたってことになるんだから。
青木――ハイ。
野村――たどり着いたってきっかけはオレが出すから。
青木――お願いします。
野村――行き場所のなくなった多田が、どこに向かうかってことだ、問題は……。
青木――ん？　今日は奥様の雪子さんは……。
野村――どうしてみんな人の話を聞かないの？　かすみのアパートに手伝いに行ってるって言ったじゃない！
青木――そうでした。
野村――オレ、誰かちがう人に説明してるみたいになるだろ。
青木――面目ない……！

野村――ベートーベンやってるって言うから、よっぽど思慮深い人かと思ったら……ですねですねだもん……。
青木――子供の頃からバイオリンにかかりっきりになってたもので、どうしても……。
野村――あ？
青木――バイオリンバカといいますか……。
野村――そんな言い訳、通用しないよ！
青木――ですね、ですね？（口を押さえる）
野村――……。
望月の声――（二階から）野村さーん！

野村、階段の下まで来て。

野村――何⁉
望月の声――これ、動かしていいですか⁉
野村――何を⁉
望月の声――この、なんか収納してある緑色のケース！

野村、二階にのぼってゆく。

青木、一人のこって、リビングを見渡し、茶菓子があるので、それをつまむ。

青木 ――……。

二階から降りてきた野村と望月。

望月 ――広さ的には、借りてたアパートとほぼ同じですね。

野村 ――何だよそれ、ぜいたく言ってんの？

望月 ――言ってません、言ってません、もう、身に余る光栄です。

野村 ――言葉じゃなくて、態度で示さないとダメだよ、あんた。

青木 ――(食べていたことを)あ、すいません。

望月 ――(青木に)態度だよ、態度。

野村 ――(望月をひっぱたいて)あんたのことだよ。

望月 ――いやいや、わかってます、わかってます、ハハハ、お茶、入れましょうか。

野村 ――ん？　うん……。

それぞれ、しばし言葉なく。

野村――おかしなもんだな……日曜日に、あの多田が来ないのが、妙な感じだ……わかるか？
　お茶っ葉、どこにあるか。

望月――ありました、ありました。

野村――（青木に）すわれよ。

青木――あ、ハイ。（すわる）

望月――だけど野村さん、やっぱり持ち家っていいもんですよ、こうやってお茶ひとついれてい
　ても、なんかこう、寒々しくない！　そう思わない？　青木くん。

青木――わかります、なんか見守られてるような感じ、しますもんね、無駄な感じがしないとい
　いますか……。

望月――結婚しろよ、早く、ね、野村さん。

野村――いちいち人に話をふるんじゃないよ。

望月――あ……。

青木――頑張ります……。

野村――（青木に）彼女、いないの？

青木――どうなんでしょう。

野村——どうなんでしょうって……ホント、ベートーベンにあるまじきこと言うよね。

望月——いないだろ、その顔じゃ。

青木——え、それ、どういうことですか？

望月——おっ、いちおう、ムキになったのか？

青木——ムキにはなってませんよ……（二人に見られているので）え、え、え、「その顔じゃ」とか言われたから！

望月——飲めよ、お茶。（と青木に出す）

青木——あ……。

望月——ハイ、野村さん。（野村に）

野村と望月、お茶を飲みながら、青木を見ている。
青木も、だったらとばかりに飲む。

野村——バイオリンバカらしいから。

望月——え、え、何ですか、それ！

野村——（青木に）な。

青木——あの、ちょっとそれ。

望月――バイオリンバカ！　ってことは!?
野村・望月――(同時に) いないでしょう!!
青木――(のみかけたお茶をプーッとこぼす)
望月――わ、わ、わ、何、今の……。(と言いながら、散ったお茶を拭いて)
野村――ホラ、そっちも。(と青木のズボンの股間あたりを指す)
望月――あ、ハイ、ごめんね、ちょっと。(と、青木の股間を拭こうとするので)
青木――やめて下さいよ！
望月――拭くんだよ、お茶がこぼれてるから！
青木――自分で出来ますよ。
野村・望月――(同時に) そうか、自分でやってんだァ!!
野村――しかもさっき、何て言った？
望月――何がですか。
野村――無駄な感じがしないとか言ってなかった？
望月――あ、言ってましたね。
野村――無駄じゃないんだ。
望月――(遅れて) 無駄じゃないんだ。
野村――(望月に) そろえろよ。

望月――すいません、ちょっとのり遅れました。

野村は、遊びに白けたように離れる。

望月――お、怒ってませんよね、のり遅れたから……。

野村――……。

望月――無駄って言葉の意味を考えてたら……。

野村――謝れよ。

望月――すいませんでした。

野村――ちがうよ！　その若者に！

望月――え？

野村――その若者にお茶出す時、何て言った？　「飲めよ、お茶」こう言ったんだぞ！　そんなお茶の出し方あるかよ！　オレは血が逆流したよ！　人間が人間に、お茶を出すのに！「飲めよ、お茶」って！　まともな人間のやることじゃないよ！　ホラ、謝れ！

青木――いや、ボクは別に……。

野村――(青木に)何だよ、「いやボクは別に」って！　ズル賢いこと言いやがって！　それが世界をわからなくさせるんだよ！　ボクだって人間です！って、なんで言えないんだ！

おまえはオレに謝れ！

困った望月と青木。

野村――お茶のこと言ってんじゃないよ、オレは！　あんたらが、人間てものをそうやって、見くびって！　さげすんで！　累々《るいるい》と横たわる屍《しかばね》に唾を吐きかけるようなことをするから！　だから、互いの目の中にな、倒れた者を抱きおこす時の、世界に秩序と平安をもたらそうとする究極の優しさ、すなわち、世界のわからなさに向き合おうとする人間として当然の精神を探し求めようとする気はないのかって！　そのことを言ってるんだよ！

望月――……。

青木――……。

野村――（まだ足りないかという風に）抱きおこされた者がな！　抱きおこす人の目の中に、世界の秩序と平安を見て、ああ私も生きてゆくべきだ、生きて誰かのために役に立つ人間になるべきだ。その時間が私には残されている！　そう感じてゆっくり起きあがってゆく！　そういう話をしてるんだよ！

望月――結局その……。

野村――何？

望月――私は誰に謝ればいいんだろう……。
野村――(青木に、望月のことを) なぐれよ。
青木――ハハ……。
野村――こんなこと言ってんだ、なぐるしかないだろう……。
望月――うん……じゃあ、なぐって。
青木――え?
望月――なぐって……。
青木――その前にボクは野村さんに謝るべきじゃ……どうでもいいか、順番は。

と言い、終わらないうちに、青木は、

青木――(野村に) すいませんでした! (振り向きざま、望月をなぐる)
望月――うっ……!
野村――(青木に) 謝るな! そこで謝るなよ……。
青木――……。
野村――見えたか、世界が……。
青木――ええっと……。

野村——もう一発いくか？
望月——（青木に）見えた、見えたろ、世界が。
青木——た、たぶん……。
望月——（ヘラヘラ笑いつつ青木に）痛かったよ……。
青木——（なぐった手を点検するような余裕の仕草）
野村——（それを）いいね……。
望月——あれ、ちょっとホントに……。（としゃがんで痛がる）
野村——……思い出せよ、奥さんのことを……病気で寝こんでるフリまでして、あんたに何かを伝えようとした奥さんのことを……「病気なの、助けに来て」それじゃないだろ？　奥さんの言いたかったことは。
望月——……。
野村——「私だって、これくらいのことは出来ますよ」それだろ？　あんたのズサンな失踪のそのズサンさには目をつぶって、あんたの失踪そのものは、認めてあげようとしたんだよ、ちがうのか？
望月——ズサンじゃないよ、オレは。
野村——だから……医者まで呼んで家の中に入って行くところを見せた奥さんの心根を思ってみろよ。ズサンじゃないとか、そんな強がり言ってる場合じゃないだろ。

青木――え、ホントに病気だったわけじゃないんですか。
望月――その医者を尾けて、問いつめたんだよ！
青木――へぇ……。
野村――ここに下宿してるってことも、すぐにバレるかもしれない……。
望月――野村さんには迷惑はかけません！
野村――かけませんて、もうかかってるよ。
望月――うわーっ……！

青木が何やら考えてる風なので。

野村――何？
青木――今、急に、その望月さんの奥さんにも招待状を差しあげればよかったなあと思って……
コンサートの。
野村――ああ……。
青木――聞いてほしかったですよ、ベートーベン。
望月――見つかってしまうじゃないか、そんなことしたら。
野村――いやいや、うん……いいね……Fの10番、11番……並んで座るんだよ、望月と望月夫人が……でも隣りの席に座っているのが夫であり妻であるってことにお互いが気づかないんだよ……。
青木――ああ……。
野村――いや、気づいてるのかな……でも、いわば他人だ……。
青木――並んで座っている……。
野村――ただステージを見ている……。
青木――聴いている、弦楽四重奏曲14番……。
野村――これは喜び？　これは悲しみ？　なんつってな……。
青木――ザワつきますね、心が。
野村――想うんだろうな、夫は妻のことを、妻は失踪した夫のことを……隣りに座っているのが、その相手だってことに、気づかぬげにさ……。
青木――ですね、ですね。
野村――……。
青木――あ、すいません。
野村――何なの、それ。
青木――気をつけます。
野村――たのむよ、ホント。

その脇で泣きくずれている望月。
それに気づいた二人。

野村――（その望月のことを）何してんの？
青木――（さあとばかりに首をかしげて）……。
野村――（望月に）おい！
望月――ハイ。
野村――何してんの！
望月――シバづけを思い出して！　小皿に残っていたシバづけ……水道の蛇口ーッ！
青木――（野村に）ん？　何ですか？
野村――……。
青木――（肩をたたいて）望月さん……。
野村――そっとしといてやれよ。

野村、台所ののれんの奥に入ってゆく。

青木——え？
野村——小腹がすいたんだよ。

望月は窓の外を見ている。

青木——そういえば、お腹がすいたな……。
望月——ホコリが落ちてきてるのかと思ったら……雪だよ。
青木——ああ、ホントだ……。

何だあれはとばかりに窓外を注視していた望月。

望月——びっくりした……ドラムカンだ……あれドラムカンだろ？
青木——ドラムカン……そうですね。
望月——（青木を見る）
青木——（ので）何ですか？
望月——その服、オレに合うかな。
青木——え？

望月——サイズ、サイズ。
青木——え？
望月——ちょっと脱いでみてくれよ。
青木——な、何ですか。
望月——着てみるだけだよ。
青木——……。
望月——早く！

青木、上着を脱ぐ。
それを着てみる望月。

望月——うん……いい感じだ……ズボンも！
青木——え？
望月——早くしろよ！

青木、ズボンを脱ぎはじめる。

9

寝室。
寝間着に着がえている雪子。
蒲団がふたつ敷かれている。
雪子、着がえ終わると、枕許ランプを消して、自分の蒲団に入る。
と、もうひとつの蒲団が動き、そこからむっくり起きあがった野村。
消されたばかりの枕許ランプをつける。

野村　――……お金が尽きたって望月が言うからさ……もう向こうのアパート追い出されてたらしくって、しょうがなかったんだよ。
雪子　――……。
野村　――フフフ……冷えるな、さすがに……（窓の外を見て）つもるぞ、こりゃ……。

雪子も、蒲団の中で上半身を起こした。

野村——え？　エアコンがこわれてた？

雪子——ああ、かすみちゃんの……だから、大家さんが石油ストーブを持ってきてくださって
……修理出来るまでこれでって……。

野村——うん……。

雪子——いつから？

野村——何が？

雪子——望月さん、追い出されたって。

野村——ああ……いや、そりゃ……いつからだろう……。

雪子——……。

野村——大丈夫、そんなに長くはいないはずさ。

雪子——ええ……。

野村——いやオレも、年が明けてからの話だと思ってて……それで、おまえに相談するのが遅れ
た……。

雪子、蒲団から出て、リビングの方へ。

野村――ん？　何？
雪子――のどがかわいて……。
野村――ああ……。

雪子、リビングへ行く。
野村は、雪子がリビングへ行ったのを見届けると、おもむろに、雪子の蒲団に入る。
雪子、戻ってくる。

雪子――（少し照れたように笑いながら）……のどがかわいてるわけでもなかったみたいで……。

と、野村の姿がないので、

雪子――？

自分の蒲団がもぞと動くので、見れば、そこに夫が。

野村——（こちらも少し笑いながら）え？　のどがかわいてるわけでもなかった？

雪子——（夫がそこにいたことに少し驚いたように）ハハ……。

野村——自分の体のことは、わかっておかなきゃ、ハハハ。

雪子——……。

野村——冷えるだろ、そんなところじゃ。

雪子——……。

野村——ホラ。（と蒲団の端をあげて）

雪子、蒲団の中に入ろうとした時。

野村——かすみの奴、ありゃやっぱり多田のことが好きなんだな……。

雪子——（蒲団に入りそびれる）……。

野村——おまえの方から言ってやればいい……石塚くんと別れて多田のところに行くか、多田のことは忘れて石塚くんのところに戻るか、ふたつにひとつだって。

雪子——……。

野村——こういう話は、母親の方からがいいだろ。

雪子——どうしてそう思ったんですか？

野村――……。
雪子――だから、かすみちゃんが多田さんのことが好きなんだって。
野村――タバコだよ。
雪子――タバコ？
野村――多田が忘れていったタバコを見て、「タバコ、変えたんだ」って言った……まあ、その言い方だな。
雪子――え？
野村――自分が知らなかったことに対するくやしさがにじみ出ていた……多田のことを全部知っておきたいっていうその、何だ……女心だろ。
雪子――（うつむいて少し笑ったような）……。
野村――え？
雪子――母親失格だわ……娘のそういう心の動きに気づかなかったなんて……。
野村――気づいてたっていう風に振舞えばいいさ……言えるだろ？　さっきの、ふたつにひとつ。
雪子――ええ……。

雪子、蒲団に入ってゆく。

野村——何だ……こんなに冷えてるじゃないか……体が。
雪子——すいません。
野村——ハハハ、誰に謝ってるんだ……。
雪子——……。
野村——ん……帯が……よっこいしょっと……。

しばし、蒲団が静止したかと思うと、
驚いたように蒲団から這い出た雪子。

雪子——……!
野村——何?
雪子——え?

雪子は、近くにある引き出しをあける。

野村——使ってないよ、クスリなんか。
雪子——ハ……ハハ……フフ……。

野村——雪子……。

雪子——いえ、あの……。

二階から望月が降りてきて、
そのまま、リビングに入ってゆく。

野村——ホラ、冷えるから。

雪子——(リビングの方を見る)

野村——(ので)のどがかわいてるわけじゃないんだろ?

雪子——……。

野村——オレ、さっき、うまいこと言ったな、自分の体のことはわかっておかなきゃダメだって
……。

雪子——どうして?

野村——何が?

雪子——いえ……。

野村——つもるぞ、今夜は。

雪子——……。

野村――何を考えてる？

雪子――あなた。

野村――あ？

雪子――……。

野村――何？

雪子――いえ……呼んでみただけです。

雪子、蒲団の中に入ってゆく。

重なり合おうとする夫婦の動きが、

蒲団の動きによって知れる。

セットが移動し、リビングへ。

何を思うか望月が水を飲んでいる。

その背中。

寝室の方から聞こえてきた夫婦の息づかい。

望月――（その寝室の方を見て）……。

こうして、その年も暮れようとしていた……。

了。

●上演記録［2016年］

M&Oplays プロデュース

家庭内失踪

東京公演▼3月11日(金)～3月23日(水)　本多劇場
大阪公演▼3月27日(日)　梅田芸術劇場　シアター・ドラマシティ
名古屋公演▼3月29日(火)＋30日(水)　日本特殊陶業市民会館　ビレッジホール
岐阜公演▼4月1日(金)　大垣市民会館　大ホール
静岡公演▼4月3日(日)　静岡市清水文化会館マリナート　大ホール
富山公演▼4月6日(水)　富山県民会館ホール
広島公演▼4月8日(金)　JMSアステールプラザ大ホール
福岡公演▼4月10日(日)　そぴあしんぐう大ホール
新潟公演▼4月12日(火)　りゅーとぴあ新潟市民芸術文化会館・劇場
宮城公演▼4月15日(金)　電力ホール
福島公演▼4月17日(日)　いわき芸術文化交流館アリオス　大ホール

●キャスト
雪子――小泉今日子
野村――風間杜夫
かすみ――小野ゆり子
多田――落合モトキ
青木――坂本慶介
望月――岩松了

●スタッフ
作・演出　岩松了
照明　沢田祐二
美術　原田愛
音響　高塩顕
舞台監督　田中直明
衣裳　戸田京子
ヘアメイク　大和田一美
衣裳助手　梅田和加子
制作　近藤南美
制作デスク　鈴木ちなを
宣伝　高橋郁未(る・ひまわり)
宣伝美術　坂本志保
宣伝写真　三浦憲治
宣伝衣裳　伊賀大介
宣伝ヘアメイク　大和田一美
HPデザイン　stack pictures

プロデューサー　大矢亜由美

協力／バーニングプロダクション、オフィスカザマ、フライングボックス、イトーカンパニー、オフィス作、鈍牛倶楽部

助成／文化芸術振興費補助金(トップレベルの舞台芸術創造事業)［東京公演のみ］

製作／㈱M&Oplays

あとがき

36歳の時に書いた『蒲団と達磨』の後日談として、この『家庭内失踪』を書いた。

『蒲団と達磨』は、高校教師の野村のところに後妻として入った雪子が、先妻の子であるかすみの結婚式の夜に、夫の野村に別居を言い出すという話だった。雪子は野村の性的な欲求に耐え難いものを感じていたのだ。

年月が経ち、野村は年齢からくる精力の衰えに苦悩している。雪子にとってそれはあの頃の立場の逆転を意味しているわけだった。そして結婚したかすみはいかなる理由でか、夫である石塚のもとにいることを嫌い、実家である野村家に身を寄せている。それがこの『家庭内失踪』の状況。この逆転の話を書いた私は63歳になっている。36が63、あ、逆だと……いや、別にはしゃぐほどのことでもないが。

性的なものを描く演劇は数々あれど、性生活それもお父さんの、となればあまり目にすることはなかろうと思って『蒲団と達磨』を書いた。お父さんの、というのは一家の家長として揺るぎない存在でなければならない人が、文字通り一人の人間として自らの性欲に懊悩《おうのう》する、そこに悲劇とも喜劇とも言えるものがあるだろうと思ったからだ。『家庭内失踪』では、すでに一家の家長というより、家長であった人という野村の存在になっている。

書き終わって稽古をするうちに気づいたことがある。この『家庭内失踪』が、チェーホフの『ワーニャ叔父さん』に似ている、と思ったのだ。若く美しい女エレーナを嫁に持つセレブリャーコフが自らの老いにイラついてエレーナにあたる。とエレーナはたまりかねてこう言う。「そのうち私も歳をとりますから！」

私は、まさにそのシーンを〝性的なものを扱ったシーン〟として若い演劇志望の人たちに授業めいたことをやったことがあった。『蒲団と達磨』では似てるなど微塵も感じさせなかったのに、何年かの時間を経て主人公夫婦に年齢を重ねさせ、登場してなかったかすみという人物を登場させたことで「似てる」状況になっていることが、何だか面白い。まったく意識はしていなかったことが、意識の上に浮上してきたものを見るような心持ちだ。ソーニャにあたるのが、かすみという存在ということになる。ただワーニャにあたる人物はいない。

そう、ナサニエル・ホーソーンの『ウェイクフィールド』という短編小説にヒントを得てこの戯曲を書いたということは言っておかねばならない。望月という登場人物がまさにそれだ。19世紀前半に書かれたこの小説が私にとってはあまりにも現代的であり演劇的だった。妻の前から、金曜日に戻ると言い残して出かけ、20年間失踪するのだが、その20年の間ウェイクフィールドは近所にアパートを借りてそこで暮らしているのだ。そして妻のことを観察している。間近ですれちがいさえする。そして何事もなかったかのように20年ののち、妻の元へ帰ってゆく。こうやってあらすじを書いているだけでうっとりする。

かつて引用が多すぎるのではないかと言われたある映画監督が、オリジナルなものなど誰にもない、と言い放ったと記憶しているが、この私とて埋め込まれた他者の物語から解放されることはない、ということなのだろう。

最後に、この本を出版することを勧めてくださったポット出版の那須ゆかりさん、見守り腕組みしてる感じの沢辺均さん、いつもありがとうございます。

お買い上げいただいた方々にも、感謝の気持ちを伝えたい岩松です。

２０１６年３月。

岩松　了。

岩松　了（いわまつ・りょう）
劇作家、演出家、俳優。１９５２年長崎県生まれ。
自由劇場、東京乾電池を経て「竹中直人の会」「タ・マニネ公演」等、
様々なプロデュース公演で活動する。
１９８９年『蒲団と達磨』で岸田國士戯曲賞、１９９４年『こわれゆく男』『鳩を飼う姉妹』で紀伊國屋演劇賞個人賞、
１９９８年『テレビ・デイズ』で読売文学賞、
映画『東京日和』で日本アカデミー賞優秀脚本賞を受賞。

著作一覧

蒲団と達磨（白水社、１９８９・６）
お茶と説教（而立書房、１９８９・７）
台所の灯（而立書房、１９８９・７）
恋愛御法度（而立書房、１９８９・７）
隣りの男（而立書房、１９９２・８）
アイスクリームマン（而立書房、１９９４・４）
市ヶ尾の坂（而立書房、１９９４・７）
スターマン・お父さんのお父さん（ペヨトル工房〈シリーズ戯曲新世紀５〉、１９９５・７）
月光のつゝしみ（而立書房、１９９６・５）
恋する妊婦（而立書房、１９９６・７）
映画日和（共著、マガジンハウス、１９９７・10）
恋のためらい（共著、ベネッセコーポレーション、１９９７・12）
テレビ・デイズ（小学館、１９９８・４）
傘とサンダル（ポット出版、１９９８・７）
五番寺の滝（ベネッセコーポレーション、１９９８・11）
鳩を飼う姉妹（而立書房、１９９９・６）
赤い階段の家（而立書房、１９９９・７）
食卓で会いましょう（ポット出版、１９９９・10）
水の戯れ（ポット出版、２０００・５）
蒲団と達磨（〈リキエスタ〉の会、２００１・11）
私立探偵濱マイクシナリオ・上下（エンターブレイン、２００３・１）
夏ホテル（ポット出版、２００３・９）
シブヤから遠く離れて（ポット出版、２００４・３）
「三人姉妹」を追放されしトゥーゼンバフの物語（ポット出版、２００６・５）
マテリアル・ママ（ポット出版、２００６・５）
シェイクスピア・ソナタ（ポット出版、２００８・12）
船上のピクニック（ポット出版、２００９・３）
溜息に似た言葉（ポット出版、２００９・９）
マレーヒルの幻影（ポット出版、２００９・12）
シダの群れ（ポット出版、２０１０・９）
アイドル、かくの如し（ポット出版、２０１２・１）
シダの群れ　純情巡礼編（ポット出版、２０１２・５）
シダの群れ　港の女歌手編（ポット出版、２０１３・11）
ジュリエット通り（ポット出版、２０１４・10）
青い瞳（ポット出版、２０１５・11）

主な作・演出（監督）作品

舞台●『蒲団と達磨』（第33回岸田國士戯曲賞受賞）、『こわれゆく男』『鳩を飼う姉妹』（上記2作で、第28回紀伊國屋演劇賞個人賞受賞）、『月光のつゝしみ』、『テレビ・デイズ』（第49回読売文学賞受賞）、『水の戯れ』、『かもめ』（演出）、『隠れる女』、『夏ホテル』（パルコ劇場／シアターナインス5周年記念公演）、『嵐が丘』、『三人姉妹』を追放されしトゥーゼンバフの物語』、『西へゆく女』、『ワニを素手でつかまえる方法』（パルコ劇場）、『シブヤから遠く離れて』（作）、『隣りの男』、『欲望という名の電車』（演出）、『シェイクスピア・ソナタ』、『死ぬまでの短い時間』、『恋する妊婦』、『羊と兵隊』、『箱の中の女』、『マレーヒルの幻影』、『シダの群れ』、『国民傘』、『カスケード～やがて時がくれば～』、『アイドル、かくの如し』、『シダの群れ　純情巡礼編』、『不道徳教室』、『シダの群れ　港の女歌手編』、『ジュリエット通り』、『宅悦とお岩～四谷怪談のそのシーンのために～』、『結びの庭』など。

TV●「恋のためらい」（TBS／脚本）、「日曜日は終わらない」（NHK／脚本、カンヌ国際映画祭ある視点出品）、「私立探偵濱マイク～私生活～」（NTV／脚本）、「そして明日から」（北海道テレビ／脚本、日本民間放送連盟賞優秀賞受賞）、「社長を出せ」（NTV／脚本、日本民間放送連盟賞優秀賞受賞）、「時効警察」（EX／3話脚本・監督、7話脚本）など。

映画●「バカヤロー2～幸せになりたい」（監督）、「お墓と離婚」（監督）、「東京日和」（脚本、第21回日本アカデミー賞脚本賞受賞）、「たみおのしあわせ」（脚本・監督）。

主な出演作

舞台●『かもめ』（翻訳・演出：岩松了）、『サッドソング・フォー・アグリードーター』（作・演出：宮藤官九郎）、『マテリアル・ママ』『アジアの女』（作・演出：長塚圭史）、『シェイクスピア・ソナタ』『羊と兵隊』（作・演出：岩松了）など

TV●「世界わが心の旅～99ロシア篇～」（NHK）、「小さな駅で降りる」（TX）、「タスクフォース」（TBS）、「演技者～いい感じで電気が消える家～」（CX）、「時効警察」シリーズ（EX）、「風のハルカ」（NHKテレビ小説）、「のだめカンタービレ」（CX）、「あしたの、喜多善男」（CX）、「官僚たちの夏」（TBS）、「天地人」（NHK）、「熱海の捜査官」（ANB）、「外交官・黒田康作」（CX）、「理由」（TBS）、「変身インタビュアーの憂鬱」（TBS）「ロング・グッドバイ」（NHK）「花子とアン」（NHK）、「翳りゆく夏」（WOWOW）、「ナポレオンの村」（TBS）、「探偵の探偵」（CX）、「経世済民の男・鬼と呼ばれた男～松永安左ェ門」（NHK）「きんぴか」（WOWOW）など。

映画●「無能の人」（監督：竹中直人）、「GONIN」（監督：石井隆）、「犬、走る」（監督：崔洋一）、「木更津キャッツアイ～日本シリーズ～」（監督：金子文紀）、「キューティハニー」（監督：庵野秀明）、「死に花」（監督：犬童一心）、「真夜中の弥次さん喜多さん」（監督：宮藤官九郎）、「亀は意外と速く泳ぐ」（監督：三木聡）、「となり町戦争」（監督：渡辺謙作）、「無花果の顔」（監督：桃井かおり）、「図鑑に載ってない虫」「転々」（監督：三木聡）、「ディア・ドクター」（監督：西川美和）、「空気人形」（監督：是枝裕和）、「ボーイズ・オン・ザ・ラン」（監督：三浦大輔）、「恋の罪」（監督：園子温）、「悪の教典」（監督：三池崇史）、「中学生円山」（監督：宮藤官九郎）、「謝罪の王様」（監督：水田伸生）、「ペコロスの母に会いに行く」（監督：森崎東）、「俺俺」（監督：三木聡）、「THE NEXT GENERATION パトレイバー エピソード2 98式再起動せよ」（監督：押井守）、「バンクーバーの朝日」（監督：石井裕也）、「トイレのピエタ」（監督：松永大司）など。

書名 ――――― 家庭内失踪
著者 ――――― 岩松　了
編集 ――――― 那須ゆかり
デザイン ――― 山田信也
協力 ――――― M&Oplays
発行 ――――― 2016年3月11日［第一版第一刷］
発行所 ――――ポット出版
150-0001 東京都渋谷区神宮前2-33-18#303
電話　03-3478-1774　ファックス　03-3402-5558
ウェブサイト　http://www.pot.co.jp/
電子メールアドレス　books@pot.co.jp
郵便振替口座　00110-7-21168　ポット出版
印刷・製本 ―― シナノ印刷株式会社
ISBN978-4-7808-0226-9　C0093　

Disappearance at home
by IWAMATSU Ryo
Editor: NASU Yukari
Designer: YAMADA Shinya

First published in
Tokyo Japan, March 11, 2016
by Pot Pub. Co., Ltd

#303 2-33-18 Jingumae Shibuya-ku
Tokyo, 150-0001 JAPAN
E-Mail: books@pot.co.jp
http://www.pot.co.jp/
Postal transfer: 00110-7-21168
ISBN978-4-7808-0226-9　C0093

【書誌情報】
書籍DB●刊行情報
1 データ区分――1
2 ISBN――978-4-7808-0226-9
3 分類コード――0093
4 書名――家庭内失踪
5 書名ヨミ――カテイナイシッソウ
13 著者名1――岩松　了
14 種類1――著
15 著者名1読み――イワマツ　リョウ
22 出版年月――201603
23 書店発売日――20160311
24 判型――4-6
25 ページ数――192
27 本体価格――2000
33 出版者――ポット出版
39 取引コード――3795

本文●ラフクリーム琥珀N　四六判・Y・71.5kg（0.130）／スミ（マットインク）　見返し●タント　N-69・四六判・Y・100kg
表紙●Mr.B　ホワイト・四六判・Y・90kg／TOYO 10154
カバー●Mr.B　ホワイト・四六判・Y・110kg／スリーエイトブラック＋TOYO 10177／グロスニス挽き
帯●Mr.B　ホワイト・四六判・Y・110kg／スリーエイトブラック＋TOYO 10177／グロスニス挽き
はなぎれ●59番（伊藤信男商店見本帳）　スピン●58番（伊藤信男商店見本帳）
使用書体●凸版文久明朝　游ゴシック体　游明朝体　中ゴ　Frutiger　ITC Garamond
2016-0101-0.8